殺意の証《あかし》

警視庁捜査一課・田島慎吾

梶永正史

KODANSHA NOVELS 講談社ノベルス

カバーデザイン＝岡　孝治
カバー写真＝zhgee/Shutterstock.com
M.M./O.D.O.
ブックデザイン＝熊谷博人＋釜津典之

主な登場人物

田島慎吾《たじましんご》　捜査一課刑事。潔癖性。真面目。想定外を嫌う
毛利恵美《もうりえみ》　田島の後輩。帰国子女。直感は鋭いが思慮が浅い
八木圭一《やぎけいいち》　田島と同期で上司
木場《きば》　草食系刑事。毛利に振り回されている
原田誠一《はらだせいいち》　警視庁刑事部参事官。いつも田島に〝特命〟を持ち込む
野田《のだ》　捜査一課管理官
西村《にしむら》　捜査一課管理官

プロローグ

　ここにいる理由が説明できるか。ここにどうやって来たかを思い出せるか――。

　記憶というのはずいぶんとあてにならないものだった。現実と虚無の区別をつける重要な手がかりになるはずなのに、それが希薄だと、自分が見ている風景が本当に現実かどうか確証を持つことができない。

　自分はいまベッドの上に寝ている。昔は白かったと思われるくすんだ天井。ぶら下がる点滴袋、なによるものかわからないシミが点在するベッドシーツ。

　窓の外に目をやれば、工場の煙突から昇っていく煙、くすんだ空に浮かぶ太陽は月のように見えるほど弱々しかった。地平線に近い角度であることから夕方であることはわかる。いや、朝日なのだろうか？

　不意に体が浮いたような感覚がして、目に見えるものがすべて粒子に変わり、風に飛ばされるサンドアートのように崩れていく。

　どれだけの時間が経ったのかはわからない。

　ふたたびぼんやりとくすんだ天井が見えてきた。また現実に戻れたのだと安堵《あんど》すると同時に、このまま現実に留まっていられる保証がないことに不安にもなる。

　太陽はさきほどと同じ高度にあった。さして時間は経っていなかったのか、それとも丸一日が過ぎてしまったのか……。

　体の感覚はほぼ麻痺《まひ》していて手足を自由に動かすことはできなかったが、なぜか嗅覚《きゅうかく》は冴《さ》えていた。消毒液と饐《す》えたたとえようのない匂《にお》いが混ざり合って、鼻腔《びこう》を突く。それは不快極まりないものだったが、脳を刺激し意識を保たせる効果はあった。

なぜ自分はここにいるのか。徐々に、その理由がわかってくる。

――いきあたりばったりの人生の果てに自らが下した決断。ほかに手がなかったとはいえ、最悪の結果を予想できなかったのかと悔やまれる。自分が付け込まれるだけの弱みを持っていたこともある。そう、心に騙《だま》される土壌をつくってしまったのは自分の責任だ。

しかし……それでもあいつらを許すことはできない。

これからどうすべきなのか。警察に駆け込み裁きを受けさせるか？　いや、この忸怩《じくじ》たる思い……。もしいま手足が自由に動くのなら、爪《つめ》を突き立て血が滲《にじ》むほどに体を掻《か》き毟《むし》っているだろう。それでも足りない。いっそのこと皮を剝《は》いで、肉を削《そ》ぎ取ってやりたいほどに、感情をおさえることができない。

復讐《ふくしゅう》だ。この手で無念を晴らす。それまでは死ぬわけにはいかない。

だが……それを果たしたら自分も死のう。

それが、いま、この瞬間を生きる唯一の理由であるような気がした。

哀しみと怒りをエネルギー源とする涙が頰《ほお》を伝う。その熱を感じながら、脳の奥底がしびれはじめ、ふわりと体が浮いた。視界はホワイトアウトしていく。

またしばらく現実から離れるようだ。

しかし戻ってくる。そして、あいつらを追い詰め、かならず――殺す。

粒子と化す、くすんだ天井を見ながら、そう決意した。

＊

今日はいつもより遅くなってしまった。仕事仲間と軽く飲んできたが、日常の愚痴《ぐち》はとどまることがなく、結局終電に飛び乗ることになった。

坂下明代《さかしたあきよ》は手首を返すと、腕時計の文字盤を街灯に照らしてため息をついた。明日は早いというのに、時刻はすでに深夜一時を回っていた。

大通りから路地に入る。車が入れないほどの道の両側は、住宅でびっしりと埋まっている。

昭和から時を止めてしまったような町だった。都市開発からも取り残され、好き勝手に路地が絡み合うこの地区は、住人以外の人は滅多に足を踏み入れない。多くの人が住んでいるはずなのに、夜はまるで無人のようで、明滅を繰り返す街灯は心細くさせる効果に溢《あふ》れていた。

それでも自宅マンションへの近道である。すこしでも睡眠時間を確保するためには、ここを通るしかなかった。

背後で物音がして、明代は息を飲んで振り向いた。

ゴミが風に舞っただけだったが、自身の鼓動が一向に治まらないのには理由があった。

最近、嫌がらせが続いているのだ。友人との食事や買い物をするところを盗撮した写真がポストに投函《とうかん》されていたり、捨てたゴミが回収される前に持ち去られていたりした。

後を尾《つ》けられたこともあったし、見知らぬ男に睨《にら》まれたこともあった。

いちど気になりはじめると、すれ違う男、向かいのホームにいる男、コンビニのレジで後ろに並んでいる男……すべての男たちから監視されているように思えた。

ストーキングされる理由は……なくはなかった。心あたりはひとつだけある。

だけど私のせいなの？　違う、そんなことない！

明代は思念を振り払い、小走りに路地を駆けた。

自らの乾いたヒールの音にすら、追いかけられているようだった。

ようやくマンションに着いた。

エレベーターを降り、安堵のため息をつく。ふとみると、自分の部屋のドアノブにコンビニの袋がぶら下がっていた。

嫌な予感がしたが、見ないわけにもいかず、覗《のぞ》き込んだ。

そこには、切断された猫の……頭が入っていた。

1

　十二月に入り、街はクリスマスの色を強めていた。しかし例年と比べて暖冬らしく、皇居を吹き抜ける風に冬の気配はまだ感じられなかった。さすがに朝は冷え込むようになっていたものの、うっかり冬物で身を固めてしまうと、日が昇ってから軽く汗をかくほどだ。毎日が上天気。そんな穏《おだ》やかな東京だった。

　田島慎吾《たじましんご》は、この時期の朝の空気が好きだった。冬に向かうこの季節は、徐々に色彩を失っていくようなもの悲しさを感じる半面、空気は澄んでいくようにも思える。それに、似たような気温であるなら花粉が舞う春先よりも快適だ。

　世田谷区《せたがやく》南西部、多摩川を挟んで川崎市との境にある二子玉川《ふたこたまがわ》に住んでいる田島は、東京でも屈指の混雑率を誇る東急田園都市線に乗って桜田門《さくらだもん》まで通勤している。その際、永田町《ながたちょう》駅で有楽町線に乗り換えるのが通常なのだが、よく晴れた日は永田町で地上に出ると、最高裁判所の横を抜けて皇居のお濠《ほり》沿いを歩いて桜田門に向かう。

　まだ交通量も少なく、濁《にご》りの消えた空気のなか、丸の内のビル群を緑の先にながめながら坂道を下っていくのだ。

　田島は刑事という職にあり、殺人や傷害事件を担当している。取り扱うのは人間の身勝手や欲望が衝突した結果であり、その真実に迫るたびに心は疲弊する。視力は一・五にもかかわらず黒縁の野暮ったいメガネをかけているのも、人の欲望や悲哀に飲み込まれることなく客観視するための彼なりの工夫だった。

　その殺伐《さつばつ》とした日々の中で、呼吸を忘れてしまったかのように息苦しさを感じることもある。だからこの、朝の深呼吸はあらたな事件に立ち向かうカンフル剤ともいえた。

警視庁本部。刑事部捜査一課。殺人班十係。

自席に着くと、まず〝儀式〟がはじまる。

たいていの刑事の机の上は書類やら書籍、または領収書などであふれているが田島の机の上にはなにも置かれていない。『潔癖性』だとか『神経質』と揶揄《やゆ》されることもあるが、そんなことはない。ただ、物にはそれぞれに目的とふさわしい居場所があり、用がないときは所定の位置でスタンバイしているべきだと思っているだけだ。捜査を確実・的確に遂行するにあたり、意識を百%集中させたい。必要なものをみつけるために無駄な気を回したくない。

〝儀式〟はクロスで天板を拭《ふ》くことからはじまる。拭き終わると、クロスはきれいに四つ折りにして一番上の引き出しに仕舞う。その際、角はぴったりと合わせてある。

続いて筆記用具。机の右側、やや手前。シャープペンシル、黒ボールペン、赤ボールペンの順に、きっちり等間隔にならべる。もちろん、それぞれロゴの印刷面が真上に来るようにしている。

続いてノートパソコンを鍵《かぎ》付きの袖机《そでづくえ》から引っぱりだすと、手前の端《はし》からぴったり十五センチの位置に置く。ここが最も姿勢良くタイピングできる場所だからだ。

コンピューターが起動するまでのあいだに、昨日書き上げておいた報告書を二段目の引き出しから取りだして再読する。田島は書き上げてもすぐには提出しない。あえて時間を置くことで、誤字脱字だけでなく文章構成の不備に気づける。そうして報告書としての完成度を上げるのだ。

問題がなかったので、それを両手で包み込むように持つ。それから縦横方向に三回ずつ机に落として各ページの角が寸分の狂いがないほどに合わせる。まるで鋭利なノコギリで切りだした板のように

——。今日も決まった。

改めて机をながめる。整然と並ぶものは美しい。

これで今日一日を万全の精神状態ではじめることができる。

そう思ったときだった。

「まったくもう！」

毛利恵美《もうりえみ》が向かいの席に乱暴に座り、その振動でボールペンがわずかに向きをかえた。

田島の左の眉《まゆ》がピクリと跳ねる。そっと息を吸い込み、美しい平行状態に戻そうかと手を伸ばした。

「日本の男ってのは！」

バッグを机の上に叩《たた》きつけた音で、田島の手元が狂う。

「ねぇ、田島さん。聞いてます？」

もちろん聞いていない。そもそも、突然やってきて、状況を把握できるほどの情報は得られていない。これでなにを理解しろというのか。

「田島さーん？」

恵美の机には書類が堆《うずたか》く積まれているが、それをかき分けるようにして覗き込んでくる。崩れた書類の一部が田島の〝領土〟を侵犯した。

田島はそれを押し戻し、メガネのブリッジを持ち上げた。

「良好な人間関係に挨拶《あいさつ》は不可欠です。私はそれを聞き逃しましたか？」

一日のコミュニケーションのはじまりにも順序がある。すくなくとも『まったくもう！』からはじまる習慣はない。

「あ、ども。モーニン。それでね」

前のめりになり、揺れたおかっぱ髪の先端が両頬の横で揺れる。イノシシの牙《きば》のように突きだしているが、それは彼女の性格を表しているように思えた。

恵美は、カリフォルニア州にあるスタンフォード大学卒の帰国子女で頭脳明晰《めいせき》、という触れ込みで配属されてきた。しかし、人としてなにかが欠けているような気がする。

立場としては田島は恵美の指導係であり、階級もそれぞれ警部補と巡査だ。年齢も十以上離れている。古い人間だと言われるかもしれないが、社会には、ものごとがスムーズに進むためのルールというものがあると思っている。鉛筆だって長い順に並んでいたほうが気持ちがいい。人間界も同じ。年功序列、トップダウンといった言葉があるではないか。

「日本人ってさ、空気読んでくださいって輩《やから》ばかり。どうしてハッキリ言わないのかしらね、タッシー？」

この傍若無人《ぼうじゃくぶじん》な物言い。コンビを組んで、いや組まされてから一年弱。はじめは日本の文化に馴染《なじ》もうとする気配も見られたが、最近はそれすら放棄したようにも思える。

やれ〝個性〟だの、〝ダイバーシティ〟だの、『人は違って当たり前』を押しつけてくるが、意味をはき違えている。

人に共感されなければ、それは個性でなく、ただの〝ひとりよがり〟にすぎないのだ。

「ね、それでどう思います？」

田島は聞こえるようにため息をついた。

「どう思うもなにも、主語がないのでわかりませんよ」

話に参加する気はないことをしっかりと意思表示したつもりだったが、だからといって空気を読んでくれたことはない。

「別にね、あたしが嫌いならそう言えばいいのに、ぐちゃぐちゃ言って、傷つけたくないみたいな。はぁ？　ってかんじ。それってやさしさの勘違いってやつですよね。ほんとビックリする」

男がらみか。まぁ恵美についていける男など、そうそういないだろうし、引っぱっていける男となればこの地球上に皆無だ。

恵美はやけに大きなコーヒーカップを呷《あお》った。クリスマスデザインのカップはベンティーサイズ。中身はいつもの砂糖たっぷりのカフェラテだろう。

「毛利さん」

「エミでいいですって。アメリカではファーストネームで——」

「毛利さん。もっと緊張感を持ってください。我々は刑事です」

「刑事も人間です。あたしはなんなら女です」

田島は恵美を睨もうと視線を上げた。しかしふたりのあいだには——正確には恵美の机の上にはなにに使うのかわからない書類やら雑誌の類《たぐ》いが堆く積まれていて、その顔は隠れていた。

田島は背中を伸ばす。

「戸越《とごし》で通り魔殺人があったのはご存じですよね」

一昨日の深夜一時。戸越銀座商店街に平行する路地で、女性が血を流して倒れているという通報があった。被害者は加藤育子《かとういくこ》さん、三十二歳の看護師。

死因は失血死だった。凶器は見つかっていないが、傷の深さから刃渡り二十センチほどの牛刀のようなもので刺されたと思われた。現在は殺人班十一係が捜査本部のある荏原《えばら》警察署に赴き、捜査にあたっている。その指揮を執るのはキレモノで通っている野田《のだ》警視だ。

「ええ、もちろん知っています。刑事である前に同じ女性が刺されたんです、なにも感じないわけはありません。でもあたしの人生もあります。それとも日本では直接捜査に当たっていないこの瞬間ですら喪に服してプライベートをすべて捨て去れと？」

まるで、アメリカではこんなことは日常茶飯事で、いちいち反応していたら身が持たないとでも言いたげだ。

腕を組み、背もたれが悲鳴をあげるほどに上半身をのけぞらした恵美の頬は膨《ふく》れていた。それを見ると、ただ単に機嫌が悪いだけのようにも思える。

もちろん、自分の人生を犠牲にしろと言っているわけではない。しかし警察官としての根本的な行動様式は体に染みこませておく必要はあると考えている。

　プライベートなことで頭を悩ませていたとしても、ひとたび事件が起きたときに百%の力で職務に当たれるのか。すぐに切り替えるにはふだんから緊張感を保つことが大切だし、それがプロフェッショナリズムというものではないか。

　そこに、野太い声で名を呼ばれた。

「よう田島」

　この声は振りかえらずともわかる。刑事部ナンバー2の原田《はらだ》参事官。

　信楽焼《しがらきやき》の狸《たぬき》がスーツを着たような風貌《ふうぼう》だが、市場の仲買人のような潰《つぶ》れた声と体全体が醸《かも》し出すオーラは歴戦の兵士を思わせる。

「ご無沙汰《ぶさた》しております、参事官」

　立ち上がると原田は、いいから、と手で示して、反対側の席から椅子《いす》を引き寄せて田島の横に座った。タバコの匂いが漂っていた。

「どうした。また痴話喧嘩《ちわげんか》か」

　恵美が抗議の声を上げる。

「〝痴話《たわい》喧嘩〟は男女間の愛情のもつれが原因で起こる他愛のない言い争いのことですよね？　あたしと田島さんがそんな関係だと？　これはセクハラに——」

「そんなわけないでしょう！」

　思わず田島も否定した。

　それから話を戻す。

「参事官。〝また〟というほど、顔を出してはおられないと思いますが。それに参事官からお声がかかるときはたいてい……」

「おいおい、そんな顔をするなよ。まるで俺がやっかいごとを運んできているみてぇじゃないか。俺はキャリアではなくキャリアー（配送業者）ってか」

　何度か聞いたことがある冗談を投げつけられた。

　ちらりと窺《うかが》うと、恵美はすでに興味を示しておらず、引き出しの中を漁《あさ》りはじめていた。捜し物が見つからないのか、開けては閉めてを繰り返している。ふだんから整理してないから、さもありなんだ。

　原田とは腐れ縁とも言える関係ではあるが、ここに顔を出すときはたいていロクなことにならない。

「でだ、また頼まれてほしい」

　やはり、まただ。

「それでしたら八木《やぎ》を通してもらえませんか。命令は組織の上から順番に降りてくるものだと思いますので」

　田島が属する捜査班の班長である八木圭一《けいいち》は田島と同期で昇進もほぼ同じ。田島としてはとくに意識していなかったが、ライバルと目され、ことあるごとに比較された。それがいまは八木が上司だ。恵美曰《いわ》く、田島にはないコミュニケーション能力が評価の差として表れているらしい。

「あいかわらず序列にこだわるやつだな。実はな、八木とは今朝の班長会議で会ったときに話をしたんだが、それならお前に直接言ってくれとヘソを曲げられた」

　現在の八木班は、田島と恵美のほかに木場《きば》という若手刑事を含めた四人態勢だ。少ない人員を勝手に動かされると班としての活動に影響が出る。幹部の命令であるので従うべきだというのはわかるが、一度や二度ではない。理不尽にも思うだろう。その彼の精一杯の抵抗が『ヘソを曲げる』ことだったのだろう。

　しかし、どうしていつも自分なのか。

　以前聞いたときは『事件を抱えていないのが、たまたまお前しかいないんだ』と原田は言った。

　たしかに、在庁待機と呼ばれる状態だったり、前回のように捜査本部から外された状態だったこともあったが、それもタイミングをはかられていたのではないかと勘ぐりたくもなる。

　こうやって、ある種『特命』のようなかたちで動かされるたび、田島は組織の中で一匹狼《いっぴきおおかみ》のような存在になり、ますます孤立感が深まってしまうのだ。

刑事部の中で、自分がつき合いづらい男だと評されているのはなんとなくわかっているが、それは自身の性格だけではなく、原田の特命によるものもあると思う。

ある日、ヤクザの内通者を暴《あば》いたときは組織犯罪対策部から総スカンを食らったし、元自衛官のテロ未遂事件では命の危険にすらさらされた。

「なぜ、いつもいつも自分なんですか」

もう一度聞いてみた。

「お前、暇だろ？」

目に遺憾の意を込めると、原田は苦笑した。

「ま、お前なら、隠れた犯罪をあぶりだしてくれるんじゃないかってな」

そう言われれば断るのは困難だし、田島自身が、上司の命令には疑いを持たずに従うべきだという序列に逆《さか》らえない性格なので、断ることはそもそも選択肢にない。

田島は無言で、それでなにをすればいいのですか？　と原田の顔を覗き込んだ。

すると原田の目が、狸から猛禽類《もうきん》のそれに変わった。

「戸越の事件だ。どこまで知っている？」

原田の声に即応して、田島の声も低くなる。

「情報管理システムに上がっている報告書に目を通した程度です。帰宅途中の女性看護師が通り魔に襲われて死亡。犯人の目撃証言はなく、防犯カメラにも写っていない。依然として逃亡中、でしたよね」

「お前、どう思う？」

「どう思うもなにも、報告書以上のことはわかりません」

「交友関係についての報告は読んだか？　あやしい人物の名が上がっている」

「同じ病院の医師ですよね。名前は失念しましたが、以前、被害者とのあいだでストーカー行為について問題になり、数ヵ月前に病院側から警告を受けたことがあったと」

被害者の同僚からの証言で、一時期つき合っていたが別れた後にストーカー行為をはたらくようになった医師がいたという。

「捜査本部は真っ先にこの男を疑ったんだがな、この先生は先週からニューヨークに出張しているそうだ。被害者はほかに恨まれるような人ではなかったというからな、怨恨《えんこん》の線ではない可能性がいまのところ高い」

「では、やはり通り魔であると」

「その線で進めている」

「それでは、私になにを？」

原田は前かがみになり、その距離が縮まった分だけ、さらに声を落とした。

「ネコだ」

「ネコ？　ネコって四本足の？」

「ほかになにがある。これだ」

胸ポケットから一枚の写真を取りだした。受け取ると、恵美が机に登る勢いで覗き込んできた。

「あ、これ『イタズラ子猫・ケムクラジャー』ですね」

「ケム……なんですか？」

「ケムクラジャーだ」

こんどは原田が言って、田島は驚く。

「そんなに意外そうな顔をするな。俺にだって子供がいる。いま人気のキャラクターだよ」

原田には歳《とし》の離れた妻がいて、五十手前で女児を授かった。それだけに溺愛《できあい》しており、本人は言わないが、警察手帳の中に写真が入っているのを見たことがある。

失礼しました、と言って改めて確認する。たしかに猫をモデルとしたキャラクターで、茶白の毛をまとい、名が示すとおり悪戯《いたずら》そうな目をしている。写真に写っているのはこのキャラクターを模《も》したストラップのようだ。

興味が湧《わ》いたのか、恵美が机を回り込んで補足した。

「このネコがいろんなイタズラを仕掛けるんですよ。もともとは四コマ漫画からはじまったんですが、最近まで一話二分のショートアニメとして、朝の情報番組の中で放送していましたよ。ちょっと前に終わっちゃったみたいですけど」

「よく知ってますね」

「毎朝、このアニメを見てから家を出ると、ちょうどいいんです。タイマー代わりでした」

田島は原田に向き直った。

「それで、これがどうしたんです？」

「お前に調べてほしいのはこれなんだ」

「意味がわかりません」

即答すると原田はあたりを見渡し、秘密を打ち明けるように目を細めた。

「このストラップは被害者の近くに落ちていたんだが、まだ被害者の物かどうか確認がとれていない」

「指紋は？」

「ない」

「では、被害者の物でなければ、犯人の物だと？」

「もしそうなら手がかりになるが、それでもおかしい。見ろ、本来、ストラップはなにかに付けて使うものだ。携帯電話とか鍵とかにな。それなのに紐《ひも》の部分には変形が見られない。つまり未使用で所持していたことになる。これが単体で落ちていたのはどういうことだ？」

「私に言われましても。それこそ捜査本部で調べればよいのではないですか」

「捜査本部は忙しいんだ。邪魔をするわけにはいかんだろうが」

「それで私のところに来られたというのはどういうことなんです」

まるで、自分が暇を持て余しているようではないか。

「まるで暇だと思われているんじゃないかって顔だな。実際、書類づくりくらいしかないだろうし、それも終わったようだよな」

机の上に置いておいた報告書に目をやりながら言った。

書類作成は刑事の仕事において大部分を占めるが、こうやって横やりが入るとますます溜《た》まっていくのだ。自分はともかく、恵美はどれだけ溜め込んでいるのかわからない。

そう訴えようとしたが、機先を制された。

「捜査本部は犯人の〝影〟を追うことに集中している。それは間違いじゃない。事件から時間が経つごとにそれは難しくなるからな。たかだか俺の勘に付き合わせることはできない。しかしお前ならクソ真《ま》面目《じめ》に調べてくれるかなと思ってな」

「クソとはどういう意味ですか」

「超がつくほど、ってことだ。褒め言葉だよ」ここで原田は仏像のように目を細める。「でだ、もしこれが犯人の物だったらなにが考えられる？」

めんどうくさいと思いつつも、田島は自然と〝クソ〟真面目に考えてしまう。

「ほぼ未使用品で、なにかに付けていたわけでもないなら……だれかにもらったばかりだったか、逆にだれかにあげようとしていたか、ですかね」

「そうだな。ではなぜこれが落ちていた？」

「争っているうちに落とした、犯人が被害者にあげた、気を引くために使った、もしくは……」

ここで原田の考えがわかってきた。

「わざと置いていったと？」

「その可能性もあるだろ？　このキャラクターが、被害者・加害者にとってどんな意味があるのかはわからんがな」

「どうやら参事官は、これは通り魔ではなくメッセージを含ませた計画的な犯行ではないかとお考えになっているようですね」

「いやいや。そこまで言っていない」

「自分の勘で捜査本部を動かせないから私のところに、っていうかんじでしょうか」

原田は曖昧《あいまい》に笑うだけだった。

「しかし、どうして参事官がこの事件に首を突っ込むんですか?」

「まぁ、人材育成かな。転ばぬ先の杖《つえ》だ」

原田は田島の肩を叩くと、よろしく頼むと言い残し、肩越しに手を振りながら部屋を出ていった。

「なんすか、人材育成って」

恵美が原田の背中に手を振りながら聞いた。

「野田管理官のことだよ。参事官は野田さんをかなり買っているからね。転ばぬ先の杖っていうことは、捜査指揮には口を出さないけど、管理官が困ったときにすぐ手を差し伸べられるように備えておきたいということなのでしょう」

「ふーん、そりゃ班長も拗《す》ねますね」

恵美のコメントに対して明確なリアクションをとるでもなく、田島は思考をこのキャラクターに集中させた。

これは大量生産品であり、購入者を特定することは難しいだろう。指紋が検出されていないのなら、個人を特定することもできない。

田島は報告書にあった現場の写真を思い浮かべた。これが落ちていたのは、遺体のすぐ横。くの字になって倒れた被害者の手元付近にあった。

たしかに不自然な位置ではある。これを握っていたのならわかるが、だとすると指紋が検出されているはずだ。

では仮に犯人が意図的に置いたとしたらなにが考えられるのか。

たとえば――。田島は脳内に描きだした事件現場に自らを投影し、客観的な視点でなにが起こったのかを〝観察〟する。

「田島さんっ!」

恵美の声に田島は不覚にも軽く腰を浮かせてしまった。

「ちょっと! いままたひとりの世界に行っていたでしょう? いつもそうなんだから」

「ひとりで考えたほうが効率がいいこともありますから」

「三人寄れば文殊《もんじゅ》の知恵ともいうでしょ」

「ひとり足りませんが？」

「ともかく――」

「ともかく、相談したいことがあったら相談します。話したほうが答えに近づけるのであれば話します。いまはその両方ではないので考えさせてください」

田島は、せっかく浮かんだとっかかりが逃げてしまわないよう、自分の世界に早く戻りたかった。

それなのに、またも割り込んでくる。

「原田さんを見習ってください。田島さんは人材育成のかけらもないですよね。だから八木ちゃんと違って班を持たせてもらえないんですよ」

育成もなにも、ひとの言うことを聞かずに勝手に動き回るのはだれなのか。

「では、毛利さん。このキャラクターからなにがわかるのか、考えを聞かせてください」

恵美は待ってましたとばかりに口角を持ち上げた。左の頬に浮かび上がったエクボもアバタに見える。

「これは、キャラクターにメッセージを託した愉快犯ですよ」

一語一語をもったいぶるように言った。

「イタズラ子猫がメッセージ……ですか？」

「そのとおりです」

「それはどんな？」

「どんなと言われても」

「人を殺害するという大それたことをする犯人です。これが犯人の思想を反映しているのなら、詳しく教えてください」

恵美は落ち着きなさそうに頭を振りはじめた。どうせ深い洞察もなく言って後が続かなくなっているのだろう。良くも悪くもストレートなので、わかりやすい。

「つ、つまりサインですよ。知らしめているのです」

「だれに対してですか？」

「世間……ですか？」

「質問しているのはこっちです。ではこれが犯人からのサインで、それが世間に対してのメッセージだとします。しかし意味がわからないメッセージは伝わらないので無意味だと思いませんか」

「だ、だから、これは……一種のマーキングです。自分がやったのだと」

やはりいきあたりばったりの意見か。

「つ、つまり、こうやって意見を出し合うことが大切だと言いたかったんです。ひとりで想像の世界に行っても解決しないってことです！」

まず自分の頭の中を解決してからものを言え、と思ったが、言わないでおいた。

「ちょっと、私は飲み物を買ってきます」

席を立った田島の背中に恵美の声が追いすがった。

「わ、わかった。これは連続殺人ですよ！　次に起きる殺人にもきっと、このキャラクターが！」

ものごとには根拠が必要だと思っている。科学技術にしろ、人の意見にしろ。それが現代社会が成り立っている理由だ。根拠がなければ妄言や虚偽と同意だ。

その根拠もなく、また人が死ぬなどと軽々しく言ってほしくない。

田島はわかりやすいようにため息をつくと、振りかえることなく部屋を出た。二階に降り、売店でスムージーを買った。

健全な思考は健全な食生活からもたらされると信じている。脳が正常に機能するためには、正常な生命活動によって生産される純なエネルギーが必要なのだ。

この売店に並んでいるスムージーシリーズは、田島が繰り返しリクエストしてようやく入れてもらったもので、最近は若い職員を中心に受け入れられはじめている。

今日はチアシードとココナツミルクが入ったものをチョイスした。

「またそんな気持ち悪い色の液体を飲んでるのか」

八木だった。痩《や》せた体軀《たいく》に羽織《はお》ったジャケットのサイズがあっていないのはいつものことだ。

「おはようございます!」

八木の横でハキハキと挨拶をしたのが木場巡査部長。今年、三十歳になったはずだが、二重の垂れたやさしげな目が実年齢よりも若く見せている。どこかラブラドールレトリーバーのような雰囲気の持ち主だ。

しかしそのやさしさのせいか、恵美の三期先輩でありながら、いいように使われているところがあるのが心配だ。

田島は目の下に隈《くま》をつくった八木に言う。

「これが気持ち悪く見えるとしたら、お前が刹那《せつな》的なカロリー摂取に偏り、健康志向から目をそらしているからだ」

「悪かったな」と腹をさすった。

「また胃が痛むのか?」

「ああ、ただでさえ問題児を抱えているのに、さらに原田さんの一件だ。どうしていつもお前なんだ」

「俺も同じ質問をしたよ。それで、戸越の件はもめているのか?」

「班長会議で情報共有されただけだから雰囲気まではわからんが、犯人の足どりがまったくつかめずに焦りもあるようだ。で、原田さんは、例のキャラクターに目を付けたと」

「なにかしら意味があるんじゃないかと思われているようだ」

「意味といってもねぇ」

八木は懐疑的な表情を見せるが、田島も同感だった。

「まぁ、とりあえず、これをつくっている会社に話を聞いてみるよ」

2

朝の通勤客とすれ違うように、田島は都営浅草線・蔵前《くらまえ》駅のA3出口から地上に出た。Y字に分岐する江戸通りと国際通りに挟まれた三角洲のような場所に恵美はいた。

　昨日、原田からの依頼後、イタズラ子猫の著作権を持つデザイン会社『サニーベール』に連絡をとったところ、今日の始業前であれば話ができるということだったので、恵美とは現地で待ち合わせることにしていたのだった。

「寒空の下、女を待たせるなんて最低ですね」

　腕組みをした恵美が、やはり挨拶もなしに言う。彼女にとっては悪態《あくたい》が挨拶の代わりなのだろうか。

「約束の時刻より早く来るなど、私の責任の範疇《はんちゅう》外です」

　愛用のGショックで時刻を確認する。

「ま、すこし早いですが、行ってみることにしましょう」

　サニーベールがオフィスを構える蔵前は、玩具《がんぐ》や駄菓子、花火などの問屋が集まったエリアで、最近は洒落《しゃれ》たカフェも増え、東京のブルックリンと呼ばれることもある。

　駅から徒歩五分。やはり洒落たカフェが一階に入る古い雑居ビルにサニーベールはあった。

　三階に行き、受付で名乗ると事前に連絡しておいたこともあり、待たされることなくパーティションで区切られた商談スペースに通された。

　室内は外観から想像できないほどモダンな空間にリノベーションされていた。天井を高くとり、大きな窓と白い壁のためか明るく開放的な雰囲気で、多めに置かれた観葉植物の緑がコントラストになっていた。社員は三十人ほどだと聞いていたが、始業前なので社員の姿は二、三人しか見えない。

しばらくするとふたりの男性が来た。社長の折本《おりもと》と営業部長の比留間《ひるま》と名乗った。まだどちらも若い。おそらく田島と同世代だろう。

「早朝からお越しいただいて申し訳ありません。このあと会議等が詰まっておりまして」

白シャツに小豆《あずき》色のカーディガンを羽織った折本が頭を下げた。長めに整えたサラサラの髪が揺れる。

「いえ、お忙しいところ恐縮です」

互いの名刺を交換したあと、ガラスのテーブルを挟んで四人が向き合って座った。

「ケムクラジャーは当社のヒットキャラクターでして、お尋《たず》ねのストラップはカプセルトイ用の商品として流通しているものです」

折本の横でパソコンを操作していた比留間が、ディスプレイを見ながら補足した。坊主《ぼうず》刈りに近い頭だが、高級そうなスーツを着ていることもあって、品がよく見えた。

「売価は二百円で、五種類あるデザインのうちのひとつです。卸し先へのデータになりますが、これまでに首都圏を中心に全国で約五万個の販売実績があります」

比留間はなにかを思い出したかのように立ち上がると、すぐに戻りますと言ってブースを出た。

「どこで何個売れたかというのはわからないでしょうか」

「卸業者を通しておりますのと、カプセルトイという性質上、リアルタイムでの数値は把握できておりません。先月の在庫情報などを勘案しますと、累計でおよそ三万個ほどを消化したのではないかと」

「ちなみに、アンケートやファンクラブなど、ユーザー登録などで購入した人物を特定する方法はないでしょうか。たとえば、これを購入するのは子供たちがほとんどだと思うのですが、その中に大人がいたかどうかなど」

折本は大きく首を振った。

「お客様からご意見をいただくことはありますが、ファンクラブは設けておりません。販売機の近くに防犯カメラが設置されていれば購入者の特定が可能かもしれませんが、かならずしもそうではありませんので」

比留間が箱を抱えて戻ってきた。

「当社で扱っている商品のサンプルです」

さまざまなケムクラジャーがあった。ぬいぐるみやフィギュア、菓子類の付録。その中にあのストラップもあった。

「ちなみになのですが、こちらのキャラクターのファン層というのはおわかりでしょうか」

折本が答える。

「それは圧倒的に子供たちです。十歳を超えるあたりから女児の割合が多くなり、中高生以上になりますと、ほとんど興味を持たれなくなるようです。ただ、アニメ化されておりますので、認知自体はされているかと思います。それと愛猫家の方々のあいだでSNSなどで一時期話題になっていました」

「それでは成人男性はいかがでしょうか。たとえば『オタク』といわれる層など」

折本と比留間は顔を見合わせた後に首を横に振った。

「あまりいらっしゃらないかと思います。このキャラクターは彼らを対象にマーケティングしてデザインしたわけではありませんので。あの……」

この刑事たちはなにを知りたいのか、と訝《いぶか》しむ様子の折本に田島は頷《うなず》いた。

「実を申しますと、ある事件現場にこのストラップが落ちていたのですが、これが被害者のものなのか加害者のものなのか、それともまったく関係ないのかがわからず、それを調べているところなのです」

比留間が身を乗りだした。

「じ、事件というのは、たとえば……殺人事件のような？」田島が頷くと、太い眉尻《まゆじり》を下げた。「あ、あの、それを公表するのは避けてもらえないでしょうか」

もし犯人のものだった場合のイメージダウンを心配しているようだ。

「いまのところその必要はないかと考えていますが、今後の捜査の結果、もし犯人逮捕に結びつくものであるとわかれば、広く情報を得るために公表することもあろうかと思います。どうかご理解ください」

「そうですか……」

折本と比留間はふたたび顔を見合わせ、肩を落とした。

これまで黙っていた恵美が、テーブルに置かれていたぬいぐるみを引き寄せるついでのように言った。

「ケムクラジャーはおふたりが大学在学中に描かれたラフ絵が元になっているんですよね？」

嬉《うれ》しさと不安が混ざっていたからだろう。折本は笑みを浮かべたものの、木漏れ日のような、明暗が複雑に入り組んだものだった。それでも声は明るかった。

「よくご存じですね」

「業界では有名な話ですよ」

いつから恵美は業界人になったのだろうか。

初耳だった田島は、その後、恵美と折本が交《か》わした言葉をつなぎ合わせて理解に努めた。

大学で出会った折本と比留間は、卒業後にデザイン会社を立ち上げたものの、下請けばかりで苦労の連続だった。ビジネス感覚に優れた折本と、芸術家気質の比留間はなんども衝突するも、三年ほど前にケムクラジャーをヒットさせ、それをきっかけにいまでは多くのキャラクターを輩出できるようになった。

キャラクタービジネスの世界では、一種のサクセスストーリーとして語られているようだ。

「自分の子供のような存在でしょうから、ご心配ですよね」

恵美はぬいぐるみを赤児のように抱きかかえると、頭を撫《な》でた。

彼女の情報収集能力というか、広く浅いアンテナはたいしたものだとは思うが、このテの話は本題の前か後にしてほしい。話には流れというものがあり、その流れのなかでしか引きだせない情報というものがあるからだ。

田島はテーブルに並んださまざまなサンプル品をながめ、咳払《せきばら》いのあとに、最後に、と前置きをして尋ねた。

「これらは直販はされていませんか？」

折本は傍《かたわ》らに置いていた企業紹介のパンフレットを見開きにした。

「当社ではキャラクターをデザインしますが、ライセンスをリースするスタイルを取っておりまして、自社工場を持っておりません。商品企画から製造、流通はすべてパートナー企業が行っております」

「雑貨店などの路面店で取り扱っているところがあると思いますが、御社では管理されていないということでしょうか」

「はい。自社のショッピングページなども持っておりません」

やはり購入者の特定は難しそうだ。

田島は礼を言い、その場を辞した。


時刻は九時を過ぎたところだった。来たときには閉まっていた街のシャッターの多くは開いていた。駅に向かっていた人の流れは逆転し、いまは吐《は》きだされるほうが多い。蔵前駅には都営浅草線と都営大江戸線が通っているが、同じ駅名であっても両駅は離れていて、乗り換えはいったん地上に出る必要がある。それもあってかすれ違う人の数も多く、田島と恵美は縦列になって歩かなければならなかった。

恵美の声が肩を叩くように響いた。

「やっぱり、ケムクラジャーそのものはとくに意味はないんじゃないですか。原田さんはなんでこんなことを気にしたんでしょう」

「刑事の勘ってやつでしょう」

「田島さんは〝勘〟なんて非科学的で根拠のないものを信用しないのでは？」

「信じようが信じまいが、命令には従います。それに、あなたと参事官では刑事の勘に質の違いがあります。それは経験に基づく精度です。だれかの当てずっぽうといっしょにはできません」

「だれかってだれです？　でも原田さんの勘のおかげで、あたしたちはイタズラ子猫を追いかけているんですよ。結局、無駄骨ですよ」

そのとき田島の携帯電話が振動した。ディスプレイには八木の名が表示されている。内心、恵美に対して無駄な反応をせずにすんだと安堵した。

『おい！　あのネコはなんだ!?』

通話ボタンを押すなり、叫び声が耳元の小さなスピーカーを震わせた。

「いきなりどうした。なにかあったのか？」

『荒川の河川敷《かせんじき》で女性の刺殺体が発見された！　東武スカイツリーライン堀切《ほりきり》駅近く、所轄は向島《むこうじま》署だ』

その切迫した声で話の先がわかった。

「おい、まさかと思うが」

『ああ。また現場に残されていたんだよ、例のネコが』

田島は言葉を飲み込む。脳はさまざまな情報を必要としていたが、事件発生直後のいまはなにを聞いても無駄だろう。ならば自ら取りに行くしかない。

「わかった。現場に行く」

『いや、本庁に戻ってこい。統合捜査本部が本庁に設置される。野田管理官が捜査指揮を執るようだ』

了解、と電話を切ると、恵美が覗き込んできた。

「まさか、ケムクラジャー……が？」

「ええ、そのようです。荒川で女性が刺され、同じようにネコのキャラクターが落ちていたそうです」

「つまり、連続殺人事件ってことですか？」

田島は頷いた。

根拠はなかったとはいえ、恵美はこれが連続殺人に発展することを示唆《しさ》していた。

「あなたの言うとおりになりましたね。先ほどの私の言葉は撤回です。あなたの勘も認めるべきでしょうかね」

嫌みのひとつでも言ってくるかと思ったが、恵美は小さく吐き捨てた。

「あれは勘ですらありません。もし根拠があったなら防げたのに」

絞りだすような声だった。


本庁に設置された統合捜査本部の指揮は、荏原署の捜査本部から引き返した野田警視が引き続き執るということだったが、幹部席には福川《ふくかわ》捜査一課長、原田参事官をはじめとする幹部たちが居並んでいて、室内の空気はピリピリとしたものになっていた。

ふたつの捜査本部を統括管理するという性格上、この会議室にいる刑事は二十人ほどだ。荏原と向島の各所轄署とはビデオ会議システムで接続され、モニターにはそれぞれの現場指揮官が厳しい表情で映っている。

八木班も招集され、二ヵ所の捜査本部の捜査支援および情報収集にあたることになった。前の席に八木と木場。隣には恵美が――。

「毛利さん、どうかしました？」

恵美が険しい顔で正面を睨みつけていたように見えたので声をかけると、すぐに手元の資料に目を落とし、バタバタとめくりはじめた。

「いえ、別に」

なにを見ていたのだろう？

そこに号令がかかり、管理官から事件の概要が伝えられた。

「現場は墨田区墨田《すみだ》、所番地はない。東武スカイツリーライン堀切駅の近くの荒川河川敷だ。遺体は背丈《せたけ》ほどのオギが茂っている場所に遺棄されていたために発見が遅れたが、死亡推定時刻は深夜零時前後。被害者は上田聡美《うえださとみ》さん、四十八歳、パート従業員、大田区蒲田《かまた》のアパートに独り暮らし。死因は胸を刺されたことによる失血死、ほぼ即死だったと思われる。凶器が戸越と同じ物かどうかは現在調査中だ」

正面の一番大きなモニターに現場の様子が映しだされた。連続殺人事件の根拠になっているのが遺留品だ。今回はストラップではなく、フェルト生地《きじ》の小さなぬいぐるみだったが、間違いなくケムクラジャーだ。

野田管理官が田島の名を呼んだ。

「お前はこのキャラクターについて調査しているとのことだったな？」

「はい。今朝ほど、このキャラクターの著作権者を訪ねてきたところでした。一件目のストラップはカプセルトイとして販売されており、購入者の特定は困難とのことです。主な購入者は小学生で、女性であれば大人が持っていても不思議ではありませんが、男性となるとやや不自然とのことです」

「これは意図的に置かれたとみていいのか？」

田島は頷きかけたが、踏み止《とど》まった。

「まだ確証はありません」

「では、その会社に対する復讐ということはないか。恨まれるような商売をしているのか？」

「これまでのところ、犯罪に関与しているという印象はありませんでした」

「逆恨《さかうら》みはどうだ。たとえばそのキャラクターの玩具が原因で子供を亡くしたとか」

若干熱を帯びていた野田の声を冷却するかのように田島は言った。

「まだ確かなことは、なにも」

士気というか、捜査にはある種の勢いを必要とするときがある。犯人への怒りや、被害者への弔《とむら》いの念。そして、一刻も早く事件を解決させるという使命。その理屈を超えた感情が刑事たちの足を前に進ませる。

しかし、田島はつねに冷静であろうとする。別れ道に立ったとき、「危険ではない」ほうを選ぶ。つまり期待できる不確定な成果よりも、避けるべきリスクに目を向けることが、行動の根拠になっているのだ。

近道だからと確証のないままむやみに突っ込んでしまえば、ぬかるみに足を取られるかもしれない。

捜査、いやそれ以前に自身の生き方に間違いがあってはならない、と思っている。

その田島のつねに慎重な姿勢は、周囲には捜査の勢いを削ぐ行為だと感じさせ、つき合いづらいと思わせる一因になっている。

しかし捜査の遅れが連続殺人事件に発展させた、と焦りの色が見られていた野田には、自身を省みる機会になったようだ。『確かなことだけを積み重ねる』ことを認識し、暴れ馬をおさえるように、自らの手綱を引いた。

「引き続き、今回のものについても確認してくれ。このキャラクターにどんな意味があるのか。それともないのか」

野田は歯切れのいい返事をして着席した田島に小さく頷いて、次は八木に命じた。

「八木。お前は被害者同士に関係があるかを調べてくれ。必要なら人を回す」

「了解しました」

と言って田島をちらりと窺った。

人を回すといっても、本来は田島が八木の指揮下に入って行動するべきなのだが、原田の命による指示系統の〝ねじれ〟が生じているために少々ややこしい。

八木としても自分の手が回らないことを宣言するようで、人を割《さ》いてほしいとは言いづらいのだろう。若干、恨めしそうな目だった。

荏原と向島、二ヵ所の捜査本部に対しては、引き続き現場検証と地取りに注力するように指示が飛んだ。


田島は恵美とともに蔵前にとって返すと、会議を抜けだしてくれた折本社長に事件の概要を伝えた。ケムクラジャーが事件と関わりを持っていることはすでに疑いようがなく、折本の顔は困惑を通り越して色を失っていくようだった。

「どうしてこのケムクラジャーが……」

二件目の事件にも同じキャラクターが残されていたことは、もはや偶然ではなく、犯人からのメッセージとみるのが妥当だった。

「なにかお心あたりはありませんか」

「といいますと……」

折本は、項垂《うなだ》れていた頭を重そうに持ち上げて言った。

「たとえば、脅迫や嫌がらせをこれまでに受けたことがあるとか」

「いえ……。クレーム対応くらいはありましたが、後に引きずるようなものではありませんでしたし」

「では社内ではどうでしょう。遺恨を持って退職された方などは」

「それもないかと。我々はまだ社歴が浅く、アルバイトを含めても退職者は十名にも満たないと思います。こぢんまりとやってきましたので、皆、家族のようでした。円満退社だと思います」

ここまでの印象では、企業側に問題があるようには思えなかった。

「では、加藤育子さん、上田聡美さん。このお二方のお名前にお心あたりはありませんか？」

それぞれの被害者の名を出したが、折本は首を捻《ひね》るだけだった。

「ほかの者にも聞いてみますが、私には心あたりはありません」

「わかりました。では、こちらの商品ですが、店頭で販売されているもので間違いありませんか」

二件目の現場で確認されたケムクラジャーの写真を差しだした。

「はい。定価四百八十円のぬいぐるみですが……あの、このキャラクターの愛好者が犯人なのでしょうか。我が社に恨みを持つ人間なのですか？」

すがるような目だった。

「まだ確かなことは、なにも」

ここでも野田に見せたような姿勢を貫《つらぬ》いた。憶測や希望的観測がものごとの捉《とら》え方を変えてしまうことがあるからだ。冷たいと思われてもいい。情報は〝素〟の状態で集めたい。

田島は、なにかわかれば相互に連絡をとりあうことを確認し、鬼胎《きたい》を抱いたような折本の視線を背中に感じながらサニーベールを後にした。

駅に向かいながら、恵美を振りかえる。

そういえば、やけに静かだった。横やりを入れてくることも、自分の考えを押しつけてくることもなかった。連続して女性が殺害されたことがショックなのだろうか。

すると恵美が、「なにか？」と小首をかしげた。

「これから現場に行きます」

「現場ってどっちの？　荒川のほうですか？」

「ええ。なにか新しい情報が入っているかもしれません」

腕時計に目をやる。ここから捜査本部のある向島署までは三十分ほどだから、昼前には着けそうだ。

「了解……です」

どこか乗り気ではないような声だったが、いちいち気にしている状況ではないし、ふだんから自分ひとりでもまったく構わないと思っているので足を早めた。

ただ、セクハラ・パワハラ排除の波が警察組織にも押し寄せている昨今、指導係として念のために聞いておいた。

「体調は大丈夫ですか」

恵美はそう聞かれて、不本意ながら自分がそう見られているのだと認識したようだ。まっすぐな目で見返してきた。

「ぜんぜん、ちっとも、まったく。生理は二週間後ですし、生理だったとしてもそれを理由にはしませんし、してきたつもりもありませんし」

そう言って、大股《おおまた》で田島を追い越した。

聞きたかったのはそういうことではなく、いまのように棘《とげ》のある言い方をする理由だったのだが。

いくら考えても想像は及ばないし、問題がないならそれ以上のことに興味はない。田島は事件に全神経を集中させた。

蔵前から浅草に出ると、東武スカイツリーラインで曳舟《ひきふね》駅へ。東武亀戸《かめいど》線に乗り換えてひと駅の小村《おむら》井《い》駅で降りる。向島署は駅から徒歩五分ほどの距離にある。

「小村井って、オムライスみたいですね」

恵美がそう言うのは想定内だったが、どこかソワソワとして、浮き足立っているような印象があった。どうも様子がおかしい。

こういうときはロクなことにならない。田島は警戒しつつ、向島署の玄関をくぐった。

捜査本部となっている大会議室が閑散としているのは、多くの刑事が現場なり周辺の聞き込みに出ているからだろう。

まずは現場指揮を執っている西村《にしむら》管理官に挨拶をする。西村は別の係の捜査指揮を担当しているので、これまで直接仕事をしたことはなかった。

西村は顔のすべてのパーツが極細のペンで描かれたように線が細く、カルタによく描かれる公家《くげ》を思わせた。警視庁捜査一課に十三名いる管理官の中で、野田は現場の叩き上げだが、西村は総務部出身。それが印象の違いに出ているのかもしれなかった。

西村が差しだした手を田島は受ける。見た目とは違って、力強かった。

「田島さん、お噂《うわさ》はかねがね」

だれからのどんな噂なんだろうか。おおかた、原田だろう。

恵美にも手を差しだした。調子に乗って横柄な態度をとってしまうのではないかと身構えたが、その手を取ることなく敬礼で返した。

西村は名残惜《なごりお》しそうに手を収めながら聞いてきた。

「それで、戸越の事件との関係はなにかわかりましたか？」

西村は年齢も階級も田島より上だが、捜査もいっしょになったことがないためか、敬語で話しかけてきた。

「例のキャラクター以外、つながりはまだわかっていません。それで情報を集めるためにまいりました」

「こちらの状況は把握していますか？」

「一次報告のみです」

西村は隣にいた部下に資料の束《たば》を持ってこさせると、テーブルにならべ、まずは写真をくるりと回して田島に差しだしてきた。

「まだあまり進捗《しんちょく》はありませんが、こちらが被害者の上田聡美さんです」

勤務先の慰安旅行だろうか。どこかの湖をバックにした集合写真だ。それを被害者の部分だけ無理やり引き伸ばしたため、輪郭《りんかく》はぼやけている。雰囲気はどこにでもいるようなごく普通の女性で、髪や着る物にもあまり気をつかっていないように見える。笑みは浮かべているが、どこか寂《さび》しそうでもあった。

「それと防犯カメラにガイシャの姿が写っていました」

ノートパソコンの画面を向けた。現場の最寄駅である、堀切駅の防犯カメラだと説明を受けた。

「所持していた交通系ＩＣカードの記録によると、乗車は京急《けいきゅう》蒲田駅。都営浅草線の浅草駅で東武スカイツリーラインに乗り換え、堀切駅を降りたのが深夜十一時三十五分です」

　画面には、駅を出た被害者があたりを見渡し、左方向に足を進めているのが映っている。

「こっちには跨線橋《こせんきょう》があって、現場となった河川敷に降りることができます」

「河川敷にはなにかあるんですか？」

　西村は眉を八の字にして唇《くちびる》を噛《か》むと、頭を左右に振った。

「いや、なにも。昼間ならロードバイクやランナーが行き交うのでしょうが、とくにこの時期、この時間帯においては、人通りはほとんどないということです」

「そうすると、被害者がわざわざここを訪れた理由がわかりませんね。駅から現場まではどれくらいでしょうか？」

「二、三分でしょう――」

「わざわざ殺されに行ったようなものじゃないですか！」

　突然、恵美が叫んだ。西村は一瞬体を緊張させ、恵美を怯《おび》えるような目で見ていたが、なにも言わずに書類に目を落とした。

　田島は横目で恵美の様子を窺う。なにをイライラしているのか。

「毛利さん、落ち着いて。いまは確かなことを地道に集めていくだけです。検討はそのあとです」

　やはり、女性が無残《むざん》に殺されたことが恵美をたきつけるのだろうか。

　西村が咳払いをした。

「現場はかなり暗く、目撃者もいない。彼女がなにをしに来たのかはわかりませんが、犯人から見たら格好のターゲットになってしまっていたでしょう」

田島は無言で頷いた。

「ところで、キャラクターからわかることはなにかあったのですか？」

「いまのところ、これが置かれた理由は見あたりません」

「ひょっとしたら、キャラクターそのものには意味はないのかもしれませんね」

田島もその可能性を考えていた。

自己顕示――このキャラクターや会社に対して意味を持たせているのではなく、自分の犯行なのだと主張したいだけなのではないか。

そうなると懸念がある。殺人はまだ続くということだ。

無差別殺人が続けば、マスコミは『ケムクラジャー殺人』などと呼び、多くの人を恐怖に陥れるだろう。場合によっては模倣犯まであらわれるかもしれない。その混乱を生みだすためのアイテムなのではないか。


西村もそれを憂慮《ゆうぐ》しているようだ。

「いまは防犯カメラを総ざらいにしています。もし戸越や蒲田、そしてこの周辺で同じ人物が写っていたら、そいつが犯人である可能性が高いですからね」

いまのところ、犯人像に迫るにはそれに期待するしかなさそうだ。

「お時間、ありがとうございました。我々は現場の様子を見て参ります」

敬礼を残し、田島は部屋を出た。

しばらく廊下を歩いていたが、背後に恵美の気配がしなかったので振りかえった。

すると恵美は、廊下の先、会議室を出たところで足を止めていた。それから田島の視線に気づくと慌てて駆け寄ってきた。

「大丈夫ですか？」

すると恵美は好戦的な目を向けてくる。

「さっきからやたらと心配してくれますけど、なにが言いたいんですか」

心配して逆ギレされるとは。

「捜査に集中できていますか、という意味ですよ」

「まるで、集中できていないと言ってるみたいですね」

まるで、集中できているという言い方だった。

「私がこうやって聞いているのは、毛利さんが職務を確実に遂行できるかどうか、そのリスク管理のためです。大丈夫なら構いません」

恵美は捨て猫が警戒するような目をして無言で睨んでくる。

なんなんだ、いったい。

「大丈夫なら行きますよ」

遅れても次からは待つまい。田島はそう思いながら歩を早めた。

堀切駅は荒川の両岸につくられたスーパー堤防に埋もれるようにしてあった。大きく湾曲したプラットフォームはその堤防よりも低いため、どこか閉塞《へいそく》感がある。

上り線と下り線で改札口が独立しているが、田島は被害者と同じく浅草方面から来たので西口に降り立った。防犯カメラに写っていた場所だ。

振りかえって駅舎を見ると、都内の駅とは思えないような雰囲気で、どちらかというと田舎《いなか》の無人駅を思わせた。

ここに来るまでのあいだにスマートフォンで検索したが、ドラマ『3年B組金八先生』の舞台になっていたという。どこか既視感があるのはそのためかもしれない。

駅を出て左手に跨線橋があり、これを渡ると、堤防上に造られた都道四百四十九号新荒川堤防線の歩道に出る。それを左に行くと上り方面の改札口があるが、現場はそれとは反対側だ。大型トラックの風圧によろめきながら肩幅ほどの細い歩道を歩き、隅《すみ》田水門《だ》を渡る。この下は旧綾瀬《あやせ》川といい、その流れはわずか四百メートルで隅田川に名を変える。

首都高速道路をくぐった先に横断歩道があり、ここから河川敷に降りることができる。左手には二層構造の首都高速が川幅三百メートルの荒川を跨《また》ぎ、対岸の堀切ジャンクションで荒川に沿って南北に二手に分かれている。

堤防の内側、河川区域内は野球場などのリクリエーション施設として利用されている。そして、二車線道路に相当する河川道路が河口から続いているが、隅田水門があるために、ここで堤防と同じ高さまで上昇している。

田島はそのスロープを上りきったところに立っていた。

ふだんなら多くのサイクリストやランナーたちが頻繁《ひんぱん》に行き交うのだろうが、今日は皆の足を止めさせていた。

眼下に広がる藪《やぶ》の中が遺体発見現場であり、まだ多くの捜査車両が周辺を規制しているからだ。

河川道路から川べりまでの約百メートルの幅で、長さは三百メートルほどの、ほぼ長方形のエリアは整備されていない。大人の背丈ほどあるオギの藪が広がっており、そのなかに十名ほどのホームレスの住人がいるようで、高いところから見下ろしているとブルーシートがポツリポツリと見えた。それがアマゾンのジャングルを切り開いた集落を写した航空写真を思い起こさせた。

「平日でもひとが多いんですね」

恵美が言った。

「そうですね。しかし夜になると——暗いでしょうね」

田島はあたりを見渡した。設けられた街灯が三十メートルおきに並んではいるが、あくまでも都道のための設備であって、河川敷を照らすものではない。

堤防を挟んで民家もあるが、おそらく叫んでもその声は届かないだろう。襲撃者にとってみたら、身を隠すのも闇《やみ》に紛《まぎ》れて逃走することも簡単だったに違いない。そして実際にそうだったように、遺体は朝まで気づかれることがなかった。

被害者がなんのためにここを訪れたのかはわからない。田島は運命というものを信じてはいなかったが、突然、人生を終わらせられることになった彼女は、あの藪のなかで最後になにを思ったのだろう。

たとえようのない感情が湧き上がってきて、田島は両手を合わせた。

そしてこの事件に、どこか得体の知れない気味悪さを感じていた。

スロープを降り、規制線の前で警備にあたる警察官に警察手帳を見せる。

「おう、田島か」

藪の奥から、志村《しむら》という顔なじみの刑事が手を挙げた。去年まで本庁にいたが役職を得て所轄に異動したと聞いていた。

「お久しぶりです。葛飾《かつしか》署からも応援が？」

「ああ、刑事課のほとんどがかりだされている。橋を一本渡ればウチの管轄だからな」

田島は一歩横にずれた。

「ああ、こちらは毛利巡査です」

「おお、こいつといっしょにやっていけるとはたいしたもんだ」

恵美はちょこんと頭を下げた。

「田島さんの数少ないお知り合いですか。それはお珍しいですね」

「違《ちげ》ぇねぇ。おねぇちゃん、おもしろいな」

自分をネタにして意気投合しないでほしい。

田島は志村に、来た目的に話を戻した。

「連続通り魔ってことか」

「それで現場はどちらですか？」

否定も肯定もせずに聞き返すと、あいかわらずだな、と苦笑して顎《あご》をしゃくった。

志村の背中に付いてしばらく進むと、ここだ、と立ち止まった。

河川敷の道路から二十メートルほど藪を分け入ったところに、オギが踏み倒された場所があった。ミステリーサークルを想起させるそのエリアではまだ鑑識が調査をしているので中には入れない。

田島はまた被害者のことを想像してしまう。最後に見たのはオギの茎か、それとも星空か。それとも……犯人の顔か。

「発見したのはここの住人だ」

志村の視線に意識を戻す。

獣道のように延びる小道の先にブルーシートの屋根が見えた。

藪は田島の背丈ほどある。踏みならされた肩幅ほどの道を進んでいると、モーセの十戒のワンシーンを連想した。

「正確にはわからんが、この藪のなかには十名ほどの住人がいる。そのなかで、現場に一番近いこのあたりを根城にしているホームレスは三名だ」

見ると、廃材を巧《たく》みに組み合わせた立派な家ができている。それは冬を越せるといわれても疑わないが、そのうち一軒は技量不足なのかかなり貧弱なつくりで、この先が心配になる。

「目撃証言は?」

「寝ていてなにも見ていないそうだ」

「こんな、目と鼻の先なのに」

「まぁ〝密林〟だからな。ただ、ひとりが女性の声を聞いている。こっちだ」

川辺を首都高速道路に向かって歩いていくと、どこから持ってきたのか、パイプ椅子に三名のホームレスらしき男性が座っていた。提供されたのか、缶コーヒーをありがたそうに両手で包み込んでいる。いつもここから、のんびりと川の流れに目をやっているのかもしれない。

恵美は漂うアンモニア臭に顔をしかめている。

「声を聞いたっていうのはこのひとだ」

志村は右側に座る痩せた男に、ヨネさん、と呼びかけた。年齢を想像することができないほどに顔は黒く、深い皺《しわ》に覆《おお》われていた。

「たしかに聞いたと思うんだけどよ、でも自信なくなってきたよ」

ヨネさんは前歯がほとんどなかったので、言葉が聞き取りづらかった。

志村が話しかける。

「なんと言っていましたか？」

「さっきも言ったべよ」

めんどうくさそうにしながらも、記憶を探るように空を見上げた。

「あらら」

あらら？

田島は、聞き間違いではないかと志村を見たが、彼は肩をすくめるだけだった。

「あらら、ってなんですか？」

田島は聞いてみたが、ヨネさんは吐き捨てるように言った。

「わかんないよ、そんなの。そう聞こえただけだもの。まぁ、正確に言うと、あららぁー、だけどな」

「あららぁ？」

「違うよ。語尾が上がるかんじだよ。あららぁーって。ひょっとしたら、あななぁー、だったかもしれない」

無下にはできないが、この情報をどう扱えばいいのか困る。

「ほかには？」

「聞いてねぇなぁ」

志村が弁護するように補足する。

「まぁ、昨夜は風が強い夜だったようで、ほとんどは葉音にかき消されていたらしいんだ」

ヨネさんは激しく頷いた。

「それに夜はすごく冷え込んでよ、毛布を頭から被《かぶ》ってたから余計に音なんかわかんねぇ。我ながら聞こえただけすごいって思うよ」

　隣のホームレスが笑う。

「幽霊だよ。いつもそんなことばかり言ってるべよ」

「きまって酔っぱらっているときだよな」

　別のホームレスがからかうように言うと、ちゃんと聞いたんだとヨネさんが言い返す。

「時間は？」

　尋ねると三人とも笑った。

「俺たちは時計を持ってねえよ。だけどよ、電車はまだ動いていたと思うな」

　志村が補足する。

「昨日の最終電車は零時三十五分だ」

　とすれば、死亡推定時刻と合致する。問題は、その声の主と意味だ。

「女性で間違いないんですね？」

「まぁ、たぶんな」

「悲鳴など、鋭い声ではなかったんですね？」

「ああ、どちらかというと、のんびりとしてたよ」

　田島は志村に別れを告げると、本庁に戻るために駅に向かった。

「〝あらら〟ってなんでしょう。呪《のろ》いみたいで、ちょっと気持ち悪いなぁ」

　その場面を想像したようで、恵美が自分の両肩を抱《かか》え込んだ。

「わかりませんが、女性の声だったということは、被害者のものと考えてよさそうですね」

「幽霊じゃなければね」

「超常現象は信じません」

「知ってます。じゃあ、それなら空耳？」

「その可能性もあります。しかし、ヨネさんは特徴をとらえていました。語尾が上がるとか。だからなにかを聞いたのは間違いないんだと思いますよ」

　恵美は、ふーん、と懐疑的な相槌《あいづち》を打った。

夜の捜査会議、その雰囲気は重くるしいものだった。それぞれの捜査本部に人員を投入し、地取りを強化しているにもかかわらず、いまだに有効な証言は得られていなかったからだ。

「なぜ出てこないんだ」

そんな声が捜査員の中から聞こえてくる。

通常、通り魔というのは、衝動にかられたいきあたりばったりの犯行であることが多い。後先を考えずに行った犯行は、痕跡《こんせき》をあちこちに残していることが多く、比較的早い段階で犯人の目星をつけることができるのだ。

それが今回はまったく痕跡を残していない。ターゲットとなる被害者の選択、防犯カメラの位置や角度、そして目撃されない犯行場所と時間。それらを調べあげたうえでの犯行のように思える。

つまりは衝動的な通り魔ではなく、綿密に計算された計画的な連続殺人事件ではないのか。

しかし――。

「ふたりの被害者に関係は見つかっていないのか？」

野田の問いに八木が起立して答える。

「はい。これまでのところ、ふたりに接点はありません。一件目の被害者である加藤育子さんは三十二歳。愛知県長久手《ながくて》の出身、高校を卒業するまで地元で過ごし、十四年ほど前に都内の看護学校進学を機に上京しています。それに対して二件目の被害者である上田聡美さんは四十八歳で、蒲田で生まれ育っています。二十年ほど前に蒲田で金属加工会社を経営していた夫と出会い、結婚していますが、二年ほど前に会社は倒産、その後離婚して独り暮らしです。現在は蒲田西口商店街のスーパーなどでパート従業員として勤務していました」

八木は隣に座っていた木場から渡された資料に目を落として続けた。

「加藤さんの趣味は、ボルダリングやホットヨガなど、かなりアクティブな印象ですが、上田さんはこれといった趣味はなかったようです。趣味や生活エリアについてふたりに共通するものはなく、まったく知らない者同士と言える状況です」

「では、これは『計画的な無差別殺人』ということか？」

つまり、ターゲットは無差別だが、計画は綿密に行うということだ。

「ここまで目撃証言が出てこないことを考慮しますと、その可能性もあるかと……」

歯切れが悪かった。八木としてはここでなにかしら確かなことを言いたかったのだろう。

野田はしばらく眉間《みけん》に深い皺を刻んだのち、声を絞りだした。

「これが計画的なのであれば、土地勘があり、さらにある程度の期間において被害者の行動パターンを観察しなければならない。ならば、犯人は戸越と蒲田の両方を日常的に訪れている人物ということになる」

しかし、それを裏付ける情報はまだない。

「プロファイリングはどうなっている？」

精神科医の資格を持つ、民間採用の女性担当官が起立した。

「現段階では情報が不足しているため確かなことは言えませんが、女性だけを無差別にターゲットにしていると仮定して考えてみました。ふたりの被害者の年齢や容姿はまったく異なっていますので、犯人は個人というよりも女性に対してコンプレックス、偏見または恨みを持つ者と思われます。また証拠を残していないことから知能指数は高い可能性があり、ASPD、つまり反社会性パーソナリティ障害の可能性があります」

「もし、そのASPDというものだったとしたら犯人にはどんな特徴がある？」

「おおよそ団体行動には適応しづらく、トラブルメーカーといえます。社会的規範や人権をないがしろにした行動、アルコールまたは薬物依存などの犯罪歴があり、アメリカ精神医学会の診断基準では十五歳以前から行為障害の履歴があるとされています」

「つまり、喧嘩や動物虐待、器物損壊、窃盗などで、過去に補導されている可能性があるということか」

「そのとおりです。しかしながら、現在のところ、犯人の年齢や生活環境などは推測すらできないというのが正直なところです」

「わかった。引き続き頼む」

野田の表情は、まだ絞り込むには早いということを示していた。

恵美が田島に体を寄せ、正面を向いたまま囁《ささや》いた。

「防犯カメラにもあやしい人物はいない、犯人像もわからない。そんな幽霊みたいな存在をどうやって追えと？」

「いまは情報を集められるだけ集めて、先入観なしにテーブルにならべてみるしかないでしょう」

「幽霊っていえば、あのホームレスの証言。幽霊の声を聞いたって」

「幽霊だったとは言っていませんよ」

そうでしたっけ、と恵美はまた椅子に深く座り直した。

会議が解散になると、田島は前席に座る八木の肩を叩いた。

「なぁ、上田さんのことで聞きたいことがあるんだが」

「二人目の被害者か。どうした」

「独り暮らしってことだったな？」

「ああ。今年の夏に離婚している」

「元夫と連絡は取れないのか？」

八木に目配せをされた木場が、慌ただしくメモのページをめくった。

「はい、えっと。夫の上田智久《ともひさ》ですが、離婚後、すぐに中国人女性と結婚しています」

八木が吐き捨てた。

「おおかた、飲み屋で知り合った中国女と盛り上がっちまったんだろうよ」

乱暴な言葉に、木場が戸惑いながら補足する。

「中国にわたったきり、まだ帰国していないようで、連絡がとれていません」

「中国のどこだって？」

「上海《シャンハイ》の郊外ですね。ワイガオチャオ、常用漢字では『外高橋』と書くようです……なにか？」

田島の思案顔が気になったようだった。

「いやな、ひょっとして、被害者は元夫からストーキングされていた可能性はないかと考えていたんだが、帰国していないのなら、それも違うようだ」

八木が息を吹き返したように言う。

「一件目の被害者との関係がないから、どのみち辻《つじ》褄《つま》が合わないだろ」

「まぁな。ちなみに、彼女はだれかに狙われるようなことはあったのか？」

「いいえ、そのような証言は得られていません。被害者はパートを掛け持ちしていて、仕事場と家を往復する毎日。交友関係も広くなさそうでした」

「でもわからないな。発見現場は荒川の河川敷だが、住んでいるのは蒲田だろ？　仕事先と自宅を往復するだけのはずの彼女は、どうしてそんなところに？」

それぞれの街は、直線でも二十キロ以上離れている。

木場も同じ疑問を持っていたようだ。

「それもまだわかっていませんが、交通系ＩＣカードの履歴で追える限りでは、すくなくとも堀切駅で下車したのははじめてだったようです」

なるほどぉ、と頷きながら、田島は腕を組んで天井を見上げる。

彼女がなんのために荒川に行ったのか。そして犯人は荒川に偶然居合わせて殺害したのだろうか。それとも蒲田から尾行して機会を狙っていたのだろうか……。

わからないことが多すぎる。
しかしこの状況ではいくら考えても憶測の域を出ないだろう。
情報だ、情報がいる。

3

戸越で一件目の事件が発生してから四日が過ぎていた。戸越と荒川、それぞれの現場周辺と、被害者の住んでいた蒲田の防犯カメラ映像をかき集めて突き合わせを進めているが、まだあやしい人物は見つかっていなかった。

犯人のプロファイリングも、情報があまりに少ないこと、被害者間に共通点が見つかってないことから、まったく描けていなかった。

田島は蔵前の蕎麦《そば》屋で遅めの昼食をとっていた。向かいには恵美がいる。

ふたりは朝からこのあたりの聞き込みを行っていた。犯人が、サニーベールやそこで働く人に恨みを持つ人物である可能性を探っていたからだ。しかし取引先にも従業員にも問題は認められなかった。

蕎麦をすすりながら、田島は恵美の様子をちらりと窺った。

蕎麦に正しい食べ方があるのかと問われれば、そんなことはない。決してマナーを気にしなければならない高級料理ではないので、おのおの好きに食べればいい。

ただ……恵美の食べ方が気になって仕方がないのだ。

まず、割り箸《ばし》が綺麗に割れていない。持ち手部分が歪《いびつ》に裂け、長さが違っている。次に、ざるの上でくっついた蕎麦を〝ちぎり箸〟で引き伸ばす。そして蕎麦をつゆにどぶんと浸けてかき回し、短く噛み切っては、またつゆに浸けている。

作法はなくとも、粋な食べ方というのがあるではないか。

田島は江戸文化たるざる蕎麦に、それなりの敬意を払っている。

つゆに浸すのは、せいぜい下半分。どっぷり浸けてしまっては味が濃すぎて蕎麦本来の香りが楽しめない。それゆえ、途中で嚙み切ることもしない。『うどん一尺、そば八寸』の言葉があるとおり、その長さは美味しく食べるために見つけ出されたものだからだ。

まあ、言ってもわかってもらえないだろうが……。

恵美はひととおり平らげると、満足そうに箸を置いた。

クロスさせて箸を置くな、テーブルに飛び散ったつゆを拭け……。

常連と思われる男が店を出ると、時間的に中途《ちゅうと》半端《はんぱ》なのか店内はふたりだけになった。

「ひょっとして……」

恵美が蕎麦湯を流し込みながら言った。

「なんです？」

「なんでケムクラジャーなのかってことですけど、わかった気がします」

恵美が自信満々に言うときは、たいていロクなことにならない。

「前に、聖書になぞらえた殺人事件が起きるっていう映画をみたんですよ」

「はあ」

乗り気でない田島に、恵美は平らげた蕎麦のせいろを脇に寄せ、前のめりになってくる。

「つまり、ケムクラジャーのストーリーにヒントがあるのでは？　なにかのエピソードになぞらえた殺し方をしているんですよ」

また妙なことを言いだしたぞ、と懐疑的だった田島だったが、残念なことに関係ないとはっきり言えるほどの根拠もなかった。

そして爛々《らんらん》とした恵美の目を見て嫌な予感がした。

「まさかとは思いますが……」

「さすが、飲み込みが早いですねぇ！」

恵美は、アニメーションをすべて見直して犯人につながるヒントをみつけだそうと言っているのだ。田島はもう一度、恵美の推理を否定する材料はないかと考えを巡らせた。

恵美は、論理的に否定できないかぎり、調べなければ気が済まないという田島の性格を理解したうえで言っているのだろう。悪戯そうな笑みを浮かべる彼女を見て、そう思った。

田島はもう一度、頭を整理してみたが、やがて諦《あきら》めると、蕎麦湯に口を付けた。


本庁に戻ると、恵美は空いていた小会議室に液晶テレビを持ち込んだ。

「どこから持ってきたんですか、そんなもの」

学生のワンルームマンションにありそうな、二十インチほどのものだ。

「総務部の知り合いですよ。それで、あたしのスマホのアプリを使えば――」

テレビの電源を入れ、恵美のスマートフォンとテレビをＨＤＭＩケーブルで接続すると、まったく同じ画面が表示された。他人のスマートフォンを大きな画面でまじまじと観察することはあまりないが、こう見ると性格が出るというか、恵美のスマートフォンにインストールされているアプリの並び方は乱雑だった。アプリの大半はすでに使っていないものだろう。そのぶんページが多くなり、いまも目当てのアプリが探しだせずにページを行ったり来たりしている。

田島の場合はカテゴリごとに分類し、見た目もきれいになるようにアプリの並べ方にも気を使う。使用頻度の少ないものは定期的に削除するし、そもそも余計なものをインストールしないように事前に吟味している。

ようやく見つかったようだ。画面にはテレビ局の動画配信サービスが表示された。ここでは、幸か不幸か『イタズラ子猫・ケムクラジャー』の全話が視聴可能だった。しかし一話二分弱とはいえ、約一年続いていたその数は二百本を超えていた。

見終わるまでにどれだけの時間が必要なのか暗算し、ため息をついた。

軽薄なBGM、甲高《かんだか》い声、子供番組特有の周波数が脳を刺激し、さらにビビッドな色調が視神経を疲労させる。

どちらかというと子供嫌いで、もともと偏頭痛持ちの田島には拷問にも近い作業だった。

内容があればまだいいのだが、二分の番組にそれは求められない。ケムクラジャーが意地悪な人間にイタズラを仕掛けて困らせたり、逆に自分の身にふりかかったりと、他愛のない話が続く。

捜査一課にはふさわしくない軽快な音楽に顔を覗かせた刑事たちからは、こんなときに呑気《のんき》にアニメなぞ見やがって、と揶揄もされた。

すべてを見終わるまでに六時間以上を費やした。軽い目眩《めまい》にあらがうように目頭をつまむ。

「結果、なにもなしか」

田島は疲弊しきった脳に栄養を届けるかのようにスムージーを啜ったが、それは容器の内側に一筋の線を描いただけで、口元まで届くだけの量は残っていなかった。

「でもこれしか共通点がないんですから、徹底的に調べるしかないじゃないですか。あたしだって、もっと刑事らしいことがしたいですよ」

恵美はなぜか田島に文句を言った。

「なにもないということがわかっただけでも一歩前進です。小さな一歩ですが、確かなことが少ないこの事件においては無視できませんよ」

それは自分に言い聞かせるようだった。

たしかに、犯人につながるような情報はなく、〝ケムクラジャー〟だけが共通項だったから、恵美の思いつきが百%間違いだったとは言いきれない。

「なんか、犯人にバカにされているような気がしてきますね」どこで手に入れてきたのか、ケムクラジャーのぬいぐるみを撫でながら恵美が言う。「犯人がどういうつもりにしろ、これで終わりじゃないってことなのかな」

田島は口にはしなかったが、同感だった。あえて痕跡を残すような人物だ。逮捕されるか、その身に危険が及ばない限り続けることは十分考えられる。

ピロロン、とメッセージの着信音がした。スマートフォンからではなく、テレビからだ。条件反射的に画面に目をやると、メッセージの一部がプレビューされており、『会って話したい……』までが見えた。

恵美のスマートフォンを接続したままだったので、それがテレビに表示されたのだ。

田島は見ないふりをして――もっとも興味などないので――そのまま小会議室を出ると、ブラインドの隙間《すきま》から遠くの空をながめた。すでに日は暮れていて、無限遠の距離に視点を置き、眼球の筋肉を弛《し》緩《かん》させる。冬の澄んだ空気のおかげで、いつもより も鮮やかな光を放つ丸の内のビル群をながめた。

そこに八木が駆け込んできた。

「おいっ！　たったいま連絡があった。昨夜、南《みなみ》千住《せんじゅ》で傷害事件が発生していた」

していた、という言い方がひっかかった。

「昨夜の事件がいまわかったのか？」

「いやいや、負傷した被害女性は病院に運ばれたが幸い命に別状はなく、所轄の南千住署では通常の傷害事件として進めていたんだが……」

八木が差しだしてきた写真を見て目を見張った。恵美も覗き込んで叫んだ。

「ケムクラジャー!?」

大きさはわからないが、プラスチック素材でつくられたマスコットだった。

「事件直後、駆けつけた救急隊員が被害者の持ち物だと思って回収していたようだ。しかし、さきほど被害者が荷物を確認していて自分のではないと証言した。それでこっちに連絡がきた」

「じゃあ、今回は未遂で終わっているが連続殺人事件と関係があるということか」

「ああ。それで本事案も捜査本部に組み込まれることになった」

なるほど、と頷く。

「犯人は？」

「まだ逃走中だ」

「被害者からの証言は取れるのか？」

「そこだ。暗がりではあったが犯人の顔を見ている。まだ動揺しているが、同じ女性がいたほうが話しやすいだろうということになってな。それで、お前らで話を聞いてきてもらえるか」

救急搬送された浅草病院へ車を走らせながら、助手席の恵美が事件概要を読み上げた。

「保護されたのは佐々木《ささき》瞳《ひとみ》さん、二十歳。都内の大学に通うごく普通の女性です。自宅は荒川区南千住六丁目。アルバイトを終え、荒川総合スポーツセンターで四十分ほど水泳をして帰宅途中……えっと、なんて読むんだ、これ」

田島は赤信号で止まったタイミングで恵美が指を置いたところに目をやる。

「スサノオです、素盞雄神社」

「ども。そのスサノー神社の裏手の路地で、前から歩いてきた男にいきなり襲われたそうです。とっさに反転したものの、男は刃物を所持しており、左の二の腕と背中に裂傷を負っています。ただ犯人は悲鳴にたじろいで逃走したため、追い打ちをされることなく助かったということです。どう思います？」

田島は頭の中に地図を描いた。

「まず、荒川総合スポーツセンターは南千住署のすぐ近くのはず。さらに素盞雄神社の表側には交番もあります」

恵美はスマートフォンで検索して頷いた。

「ほんとだ。国道側に天王前《てんのうまえ》交番がありますね」

「もしこれがただの通り魔だったら、犯行場所として最もふさわしくないところです」

「じゃあ、ただの通り魔じゃなく被害者は以前から狙われていた？」

「一件目といい、二件目といい、偶然居合わせたうえでの犯行ではない気がします」

恵美は人差し指を顎にあてながら視線を上にやった。

「もし無差別でないのなら、前方から襲ってきたってことは先回りしているってことですよね。つまり被害者の行動パターンを徹底的に調べている感がありますね」

珍しく的を射た感想だ、と田島が思っていると恵美が目をしゅっと細める。

「いま、珍しく的を射た感想を言ったな、って思ったでしょ」

エスパーなのか？

「田島さん、自分のことをポーカーフェイスだと思っているかもしれませんけど、とくに最近は喜怒哀楽がけっこう出ていますよ。まぁ人間味が出てきたともいえるのでいいことだと思いますけどね。やっぱりあたしの影響なんでしょうね」

すこし強めに踏んだブレーキに田島の感情があらわれていた。右ウインカーを出して信号が変わるのを待つ。

「ともかく、毛利さんの言うとおり事前のリサーチがしっかりしていて、土地勘がある人物の可能性がありますね。警察署や交番が近くにあるにもかかわらず犯行に及んだのは、防犯カメラや目撃される可能性などを徹底的に調べあげてみつけだした、たったひとつの死角なのかもしれません。しかしそうなるとわからないことがある」

「じっくり計画されているということは、事件は突発的な犯行ではなく、かつ被害者も無差別ではない。なんらかの理由があって選ばれた、と。捜査本部にはまだ無差別通り魔の意見も根強く残っているようですけど」

最近、思考プロセスが似てきたのか、やりとりが阿吽《あうん》の呼吸で行えることが、どういうわけか悔しくも感じる。

「その根拠は、被害者間に関係がないからです。しかし被害者間が無関係でも犯人からみたらなんらかの共通項があるはずです。犯人に選ばれる理由が」

「今回の生存者、瞳さんの証言が重要ですね。犯人を知っているかもしれない」

被害者の佐々木瞳さんは、現場から車で十分ほどの距離にある浅草病院に救急搬送され、いまは警備のためもあって個室をあてがわれていた。

部屋の前にいる南千住署の制服警官に敬礼をし、ドアノックをする。母親と思われる返事を確認し、ドアを開けた。

ベッドにはリクライニングを四十五度ほど起こした瞳がいて、母親に茶を飲ませてもらっていたところだった。ショートボブの可愛《かわい》らしい顔をした女性で、こういう状況でなければきっと笑顔が似合うのだろうが、田島の顔を見て警戒の色を浮かべた。

「警視庁捜査一課の田島です。こちらは同僚の毛利です」

襲われたことにより、男に対して恐怖心が芽生《めば》えたのかと思ったが、警察だと名乗ってからもその緊張を解く様子は見られなかった。

母親が立ち上がって頭を下げた。着の身着のままで駆けつけてから一度も帰宅していないのか、この季節にしては軽装だった。

「すいません、私どもは青果店を経営しているのですが、この子の父親のほうは店を閉めることができずに戻っております。今日は早めに閉めてくると言っておりましたが」

すべては一家の大黒柱を通してくれというようなかんじだった。

「こんなときに申し訳ありませんが、犯人逮捕にご協力いただきたく、記憶が新しいうちにとお話を伺いにまいりました」

母親は理解を示し、話の邪魔にならないようにと、部屋の隅《すみ》に移動した。

しかし瞳は、うつむいたまま両手を強く握っていた。まだ精神的なショックが強く残っているのかもしれない。場合によっては出直すか。そう思ったときだった。

恵美が瞳の横に丸椅子を寄せて腰掛けると、瞳の手をそっと握った。瞳はハッとした様子で顔を上げると、恵美と目をあわせてから言った。

「お母さん……オレンジジュースが飲みたい。刑事さんとお話をしてるから、買ってきてもらってもいい?」

母親は、いっしょにいなくてもいいのか、と心配顔をしたものの、田島に頭を下げて部屋を出て行った。

田島は恵美の横に立つと、犯人像から確かめることにした。

「襲ってきた男に、お心あたりはありますか?」

「……いえ、まったくありません」

「顔はしっかりと見られましたか?」

「暗がりなのではっきりというわけではありませんが、知っている人ならわかると思います」

ということは、やはり無差別の通り魔的犯行ということになるのか。

瞳の証言によると、犯人の年齢は五十歳前後、身長は百七十センチほどでがっちりとした体型。ハンチング帽を目深に被り、グレーのジャンパーを着ていた。襲われる直前の様子は、背中を丸めて歩いていて、健康的という印象ではなかったという。

「それでは、こちらの方々とお知り合いではありませんか?」

田島が促《うなが》すと、瞳の傍《そば》にいた恵美が二枚の写真を手渡した。

「こちらは加藤育子さんと、上田聡美さんです」

瞳は両手でそれぞれの写真を持って視線を往復させていたが、やがて首を振った。そのとき傷が痛んだのか、顔をしかめた。

「瞳さん、大丈夫？」

恵美が寄り添う。いつものがさつな印象と異なり、妹を見守るようなやさしげな表情を浮かべていた。

「田島さん、今日のところは」

首を横に振って見せた。もっと気遣《きづか》えということなのだろうが、田島は瞳の顔を覗き込んだ。

「佐々木さん、なにか話したいことがあるんじゃないですか？」

「えっ？」

田島が瞳の顔を覗き込むと、反発する磁石のように顔を背けた。

「田島さん!?」

恵美が視線に割り込み、睨んでくる。

田島はそれでも瞳の表情を窺っていたが、顔を戻す気配はなかった。経験的に、ここまで閉ざしてしまうと、しばらく時間を置いたほうがいいだろう。

今日はここまでか。と背筋を伸ばして搦《から》め捕るかのような視線から瞳を解放した。

「ご協力ありがとうございました。なにか話されたいことがあったらいつでもご連絡をください」

背を向けたとき、瞳がそっと安堵の息を吐いたのがわかった。

病室を出ると、瞳の母親が駆け寄ってきた。手に提げたビニール袋からはオレンジジュースのほかに菓子類が透けて見えた。

「刑事さん、なにかわかりましたでしょうか」

「いまだ捜査中のことですので詳しくは申し上げられませんが、警備の者がおりますのでご安心ください」

「私はもう、心配で、心配で」

田島は共感の色を浮かべながら何度か頷いていたが、しゅっと目を細めた。

「ところで、お母さん。伺いたいのですが、瞳さんが襲われるようなお心あたりはありませんか」

「えっ？　そ、そんなのわかりません。あの子は昔から目立つような子じゃないし」

娘に原因があるとでもいうのか？　という警戒心が声の抑揚《よくよう》にあらわれていた。

「交際されていた方などはいかがでしょう？」

「交際って、そんな。いえ、わかりません。あの子がなにか……」

母親が訝しむような表情になり、田島は頭を下げる。

「申し訳ありません、いまはとにかくさまざまな情報が必要だったもので。また伺うと思いますが、どうぞよろしくお願いいたします」


病院を出て車に向かっていると、背後から恵美が噛みついてきた。

「ちょっと田島さん、いまのはどういうことですか」

「どう、とは？」

「襲われてショックを受けている瞳さんに対して、デリカシーがないし、それになんだか目が嫌らしかったし、お母さんには不躾《ぶしつけ》だし」

不躾という言葉をそっくり返してやりたかった。

「我々に必要なのは情報です。気遣いによってそれが出てこなくなるのは避けたい。それに情報はナマモノです。タイミングを失えば二度と得ることができないものもある。だから警察官として率直にお聞きしたんです。嫌われることになってもね」

「でも、どうして瞳さんにあんな聞き方を？　なにか話したいことがあるんじゃないかって」

田島は運転席に乗り込むと、助手席に恵美が座るまで待った。

「病室に入ったときのことを覚えていますか？」

恵美が記憶を探るように、目をくるりと一回転させた。

「お母さんといっしょでしたよね。お茶を飲んでました。それから……オレンジジュースを買ってきてって」

「そうです。瞳さんは何者かに襲われ、不安を感じていたことは明らかでした。本当なら母親にいてほしいと思うはずです。それでも母親を退出させた。お茶を飲んだすぐあとにオレンジジュースを飲みたくなるひとがいてもおかしくはないですが、あのときは不自然に見えました」

「たしかに、そうですね」

「つまり、瞳さんは母親に聞かれたくないことがあるんじゃないかと思ったわけです」

恵美はその状況を思い起こして頷いたものの、首を左右に振りなおした。

「でも、結局、彼女はなにも言わなかったですよね」

「ええ。ですので、彼女は、私たちからなにかを追及されると思ったのではないでしょうか」

「刑事から、事件のこと以外でなにを聞かれると思うんです？」

「わかりません。だからお母さんにも聞いたんです」

恵美が目をすっと細めた。

「つまり、事件に関係があるかもしれないけど、母親には知られたくないなにかがある？」

「そうだと思います。だからちょっと考える時間をあげたほうがいいのかなと。明日にでもまた来てみましょう」

田島はキーを回して、エンジンを始動させた。

4

翌朝九時。風もなく空は澄んだ青に染まっていた。そのぶん、這《は》い回るような冷気に田島は体を硬直させた。このところの気温は乱高下を繰り返していて、服装に困る。

今日も瞳を訪ねることにしていて、恵美とは浅草駅で待ち合わせることになっていた。しかし恵美の姿がまだ見えない。

すると九時一分に電話がかかってきた。

『田島さん、なにやってんですか』

鬼の首を取ったかのような声だった。

「なにやってるって、五分前から待ってますよ」

『え？　どこ？』

「だから松屋の前ですって」

浅草駅といっても三路線あり、出口もあちらこちらにあるため、東武浅草駅を二階に組み込んだ松屋デパート前で待ち合わせることにしていた。隅田川沿いに延びる国道六号線と、馬道《うまみち》通りの分岐点に建つ戦前からある建物であり、規模は違うがニューヨークのタイムズスクエアを連想させる。浅草において、ここまではっきりとしたランドマークは雷門と松屋のほかにはないはずだった。

『あたし十分前から松屋の前にいますって。遅刻したからってごまかさないでください』

田島はあたりを見渡すが、やはり恵美の姿はない。

「え、見当たりませんよ。ひょっとして建物の中にいるんですか？」

『さっきまで朝定食を食べてましたけど、いまは外です』

朝定食？

ここでようやく意味がわかって、田島はため息をついた。

「こっちですよ、こっち。左を見てください。大きな三角形の建物が見えませんか？　一番上に時計があって、あとは正面にマルチビジョンも」

『ある……けど？』

「それが松屋です。毛利さんがいるのは牛丼屋の前ですよね」

『は？　だって、松屋って言ったじゃないですか。あれ？』

どうやら恵美は、地下鉄の浅草駅で降りて地上に出た際、牛丼チェーンの松屋をみつけて待ち合わせ場所だと思ってしまったようだ。

「なんでわざわざ牛丼屋で待ち合わせる必要があるんですか」

返事はないまま通話は切れた。その本人が目を三角に吊《つ》り上げながら横断歩道を大股で渡ってくる。

「朝っぱらから、ややこしいことしないでください」

なぜ怒られなければならないのか。

しかし反論はしなかった。なにを言っても建設的なものにはならないことはこれまでの経験で身にしみている。田島は早々に諦めてタクシー乗り場に向かった。

病院に到着すると、すぐに警備の警察官の数が増えていることに気がついた。病院の外にふたり、ロビーにも私服刑事を配置していた。

「犯人があらわれると思っているんですかね？　とどめを刺すために」

エレベーターを待つあいだ、健康保険のポスターを読むふりをしながら恵美が囁いた。

「それがわからないから、備えるしかできないんですよ」

到着したエレベーターから降りる車椅子の患者に手を貸してから乗り込む。ほかにはだれも来なかった。

「なんだか、瞳さんを囮《おとり》にしているみたいで嫌だな」

「考えすぎですよ。警察は、ここまで二件の殺人と一件の殺人未遂を防げなかった。これ以上の失態を避けるためにあらゆるところに人員を投入しているのだと思います」

「田島さん……もし犯人が次の殺人を計画しているとしても、いまの我々にはまったく予想がつかないですよね」

「ええ。被害者の共通点、そしてなぜ狙われたのかがわかればいいのですが」

「やはり、瞳さんの証言が頼りか」

病室前で警備していた警官に敬礼をし、ドアの引手《ひきて》に指をかけたときだった。恵美がそれをおさえた。

「田島さん、ここはあたしに」

任せろということか？

田島は、ものごとは計画どおりに進むべきだと考えている。計画外のことが発生したとき、とるべきアクションを決定するためのリスク検証ができない。つまり、なかば勘で行動することになる。するとその結果が良いものであっても自身の判断を『運が良かった』としか評価できないのだ。

皆が思いつきで行動しなければ、それは世の中の秩序につながる。そのためになにごとに対しても事前検証が不可欠なのだと。

この恵美の申し出についてどうすべきか——計画外のことが起こると無駄に気を揉《も》まねばならず、癪《しゃく》ではある。

しかし、女性同士のほうが話せることもあるかもしれない。

恵美の訴えるような目に、田島は任せてみることにした。

三十分ほどして病室から出てきた恵美は、ため息をつきながら、ふらふらと歩いてきた。答えを待つ田島の横をそのまま通り過ぎ、「そういうことだったのか……」とつぶやきながら廊下を進んでいく。

「ちょっと、毛利さん。彼女はなんて？」

恵美はうつむきながら歩き続け、田島を気にするようなそぶりを見せない。だんだん、わざとではないかと思えてきた。

だから嫌だったんだ。任せたのは間違いだった。田島が恵美の前に回り込んで行く手を阻《はば》むと、恵美は片方の眉をすっと上げた。

「なにか？」

「なにかじゃなくて、彼女はなんて言ったんです？」

唐突に視線を泳がせた。

「あー、えっと。事件には関係のないことです。あたしが女性で、ほかの人には言わないと約束したから信用してくれたんです。だからペラペラと話すわけにはいきません」

恵美と仕事をするようになってから、何度か『開いた口が塞《ふさ》がらない』という経験をしてきたが、いまもそうだった。

「だれにも言わないって、毛利さんが言ったんですか？」

「ええ」

それがどうしたというような顔だ。

「事件に関係あるかどうかを毛利さんひとりで決めていいわけじゃないでしょう」

「プライバシーに関わる問題です」

「いや、だから――」

「話したら、田島さんは絶対に報告するでしょ？」

「当たり前です。我々は組織に属する警察官ですよ」

「人の気持ちを考えないロボコップですもんね」

「さっきから棘しかないですよ」

「そうやって、男どもは興味本位で女の私生活をほじくりかえすんですよ。そして事件が終わったら酒でも飲みながら『女ってやつは結局さ』って盛り上がるんです」

まるですべての男が敵だというような口調だった。

「いや、性別は関係ないでしょう。ていうか、こんな会話は無駄なだけです。いいですか、どんなに無関係なことに思えても、別の情報と組み合わさったときに意味を持ってくることもある。それを見逃さないためには、ひとりで抱えていてはいけません。皆で共有して網を広げなくては。このあとの犯罪を防げるかもしれないんですよ」

恵美は横にらみの目を田島に向ける。

「まぁ、一理あるかなあ」

一理どころか、正論だ。

「それに、母親に聞かれたくないっていう時点でなんとなく察しが付きます」

「ほう、聞きましょうか」

恵美が田島を試すような目を向けてきた。

「風俗関係ではないですか？　もしくはキャバクラなどの接客業。お母さんは保守的な考えをお持ちのように見えましたからね」

「ぶぶーっ」

田島はイラついた。

イラつくという感情はまったく無駄だ。非生産的であり合理的でもない。だが、人間が対象のイラつきならば対処方法はシンプルだ。距離をとってしまえばいい。いままで田島はそうやってきた。

しかしこの恵美とコンビを組まされてからというもの、無駄な感情に支配されることが多々ある。スムーズにものごとが進まないのはなによりもストレスだ。

「やっぱり、男って単純ですよね」

田島は感情を押し殺しながら聞く。

「じゃあなんです？」

もったいぶるそぶりを見せてから、恵美は言った。

「パパ活って知ってます？」

「不特定の男性とデートするっていう？」

「はい。でも体目的ではありませんよ。あくまでも擬似的に〝娘〟を演じるだけのデートです」

たしかにパパ活は売春とは異なり処罰するための明確な法律がない。その分ハードルを低く感じてしまうこともあるようだ。しかしパパ活という言葉が罪悪感を希薄にし、その油断から性犯罪に巻き込まれる案件も少なからず報告されている。

「それ、どうやって確かめたんです？」

「彼女はSNSの『裏アカ』を持っていて、そこで募集していたんです。そこでのやりとりを見せてもらいました」

裏アカウントは、本来のアカウントとは別につくられたもので、知り合いには知られたくない過激な本音を発信したり、今回のようなパパ活相手を募集するような際に使われる。つまりは裏の顔だ。

恵美の言うところによると、瞳は『注意事項』として、体目的ではないこと、カラオケボックスを含め密室にはいかないこと、写真撮影をしないこと、そして事故防止のためにあらかじめ身分証を提示することを条件としていたらしい。そこには詳細な料金設定も書かれていたようだ。こうなると、どこかビジネスの様相を呈《てい》している。

「それを知られたくなくて、母親を退出させたんですね？」

「ですです。本人も、パパ活を後悔しているのに、このことが公になったらたちまちネットの餌食《えじき》です。大学にもいられなくなるかもしれない」

「毛利さんの気持ちはわかりました。しかし、やはり報告しておくべきです。そのパパ活の相手のだれかが犯人かもしれないでしょう？」

パパ活のことを知られないために、犯人を知らない人物だと証言した可能性も捨てきれないと思った。

「それはないです」恵美はぴしゃりと言った。「まったく知らない男だったそうです。彼女の目に嘘《うそ》はありません」

たとえそうだとしても、言われたことを信用するのは刑事としてどうなのか——いや、違う。本来、恵美は疑《うたぐ》り深い人間のはずだ。それなのに、瞳への肩入れが尋常ではないように見える。

「それはともかく、我々は被害者たちがなにをきっかけに狙われることになったのかまったくわかっていません。次の被害を食い止める意味でも、このことは伝えるべきです」

恵美は不承不承に頷いた。

その日の夜の捜査会議においても犯人に関する有益な情報はもたらされなかった。焦りが蔓延《まんえん》し、すがれる藁《わら》でもあれば全捜査員が殺到してしまいそうな雰囲気だった。

野田が広く意見を求めた。すくなくとも、前には進んでいるのだという実感が欲しいのだ。

恵美が細めた目の端に黒目を寄せて田島を窺っている。田島はその視線を右のこめかみにヒリヒリと感じながら挙手をした。野田が、顎先を跳ねさせるように振って、発言を促した。

「被害者の佐々木瞳さんに聴取をしてまいりましたが、気になる供述をしています」

仏頂面の恵美をチラリと見やる。

「被害者は、いわゆる『パパ活』をしていました」

会議室内の物音が止まり、その先を求めるような無言の圧力があった。少なからず、捜査から逸脱した〝興味〟も含まれているだろう。ややあって、ひそひそと、静かに色めき立った。それは恵美が最も嫌悪していたことだ。

野田は無言のまま、十メートルほどの距離にあっても鋭さを失わない視線を田島に突き刺していたが、数手先を読んでから口を開いた。

「しかし、犯人には心あたりがないと証言していたんだよな？」

単純に、パパ活のもつれが犯行につながったわけではないことを理解していた。

「そのとおりです」

それでも、野田の隣に座っていたネズミ顔の理事官が皆の声を代表するように言った。

「だがな、もつれた相手が別人に襲撃を依頼することだってあるだろう」

もちろん、それも考えた。

「単独であればその可能性もありますが――」

ここで問題になるのはケムクラジャーの存在だ。

「一連の事件を俯瞰《ふかん》してみると説明ができません。三人の被害者のあいだには関係がまったくないにもかかわらず、同一犯に襲われています」

堂々巡りか、と舌打ちした理事官を一瞥《いちべつ》した後、野田が試すような目を向けてきた。

「それで、お前はどう思うんだ。パパ活をしていたことは無関係なのか？」

この段階で田島が言えることはなかった。

「わかりません」正直に答えた。「ただ、無関係とも言い切れない気がします。これから出てくるあらたな情報と合わせることでわかってくることも――」

〃無関係なわけないだろ！〃

〃ほかの被害者にも同じように裏の顔があるんじゃないのか〃

背後から野次にも似た声が飛んだ。瞳を徹底的に聴取し、どこのだれにどんなサービスを提供していたのかを調べあげるべきとの声まで上がった。

野田が皆を押しとどめるように手を開き、静かになるのを待ってから言った。

「田島、お前のほうで、パパ活の顧客を調べてくれ」

野田は田島に、いいから聞け、と頷く。

「この先、犯人がどこで尻尾《しっぽ》を出すかわからないが、それを逃すわけにはいかない。そのためにできることはすべてやっておきたい。過去を詮索《せんさく》することと捜査をすることは違う。そうだろ、田島」

もちろん、と頷く。

「だからこそ、佐々木瞳さんの件についてはお前たちに任せるんだ。そのうえで、過去に関係があった人物のアリバイの確認を頼む」

了解しました、と着席したときだった。すぐ後ろから声が聞こえた。

「自業自得だよ」

そういう言い方はないだろう。と田島は思ったが、視界の端に、恵美がふらりと立ち上がるのが見えた。そして、いきなり背後の刑事につかみかかった。

「もういっぺん言ってみろ！」

田島は呆気《あっけ》にとられていた。

これまでなにをすべきか自分の行動に迷ったことはない。的確に、かつすばやく決断できていたのは、つねにあらゆる可能性を想定し、備えるよう心がけていたからだ。

もしこうなったらどうする？　これがだめだったら？　と頭のなかで情報をアップデートし、シミュレーションを重ねる。そうやって、〝その瞬間〟に対応してきたのだ。

しかし恵美の行動はまったくの想定外だった。

ベテラン刑事のネクタイを絞め上げる恵美をぼんやりとながめていて、我にかえるまでにしばらく時間が必要だった。

慌てて恵美の手を捻り、なんとか引き剝《は》がす。

「なにをやっているんですか、毛利さん！　この人に当たっても意味ないでしょうが！」

「コイツ、女をバカにしやがって！」

ベテラン刑事は、違う違うと首を振る。

「違くねぇんだよ！」

「毛利さん、違うんですよ」

田島は諭《さと》すように言った。

「なにがよ？　田島さんまで女をバカにするの!?」

「いや、違うのは発言の主。自業自得って言ったのは、もうひとつ後ろ」

「へっ!?」

絞め上げられたベテラン刑事のひとつ後ろに座っていたのは所轄の新人刑事。青い顔をしながらつぶやいた。

「えっと……すいません」

恵美は、こみ上げる思いを無理やり押し込めるように唇を噛んだ。それからパイプ椅子を蹴飛《けと》ばしながら部屋を飛びだした。

追いかける田島に管理官が声をかけた。

「おい、大丈夫なのか?」

田島は肩をすくめる。

「わかりません」

それしか言えなかった。

会議室を出て左右を見渡したが恵美の姿は見えなかった。しかし廊下の先に、後ろを気にしながら歩く女性警察官を見て、そちらに小走りで行く。下り階段に目をやると、踊り場の隅によりかかる恵美をみつけた。

それは奇妙な光景だった。体をほぼまっすぐに伸ばし、額を直角に交わる壁の二点に押しつけるようにして支えている。ジャケットがややくすんだ芥子《からし》色ということもあって、壁を支える添え木のようにも見えた。

「毛利さん、どうしたんですか。ちょっとおかしいですよ」

そこから明るい声に変えた。

「あそこまで怒るのって珍しいですね……いや、そうでもないか。警視庁はじまって以来のキレキャラですもんね」

恵美の肩が小刻みに震えているのは怒りをおさえているようにも見えたが、そうではなかった。

洟《はな》をつーっ、とすすった。

田島は階段を降り、恵美の三段上で足を止める。

「なにか、話したいことがあるなら聞きますよ」

「いえ……とりあえず、すいませんでした」

恵美はのっそりと壁から離れると、頭を下げた。目は真っ赤になっていて、もともと化粧をするほうではなかったが、それでも涙が伝った頬を中心に崩れていた。

「すいませんというのは、なにに対して？」

「なににって、会議をぐちゃぐちゃにしてしまって……なんなら、指導係の田島さんの評判も落としてしまったし、将来の出世の道まで閉ざしてしまったかもしれません」

おいおい……、勘弁してくれ。

「あなたが謝らなきゃならないのは、とばっちりを受けた刑事さんですよ。それに会議は刑事のためのものじゃない。被害者のためのものです」

「……田島さんのくせに、いいこと言うじゃないですか」

どういう状況でも悪態は忘れないようだ。

「あの刑事さん、なんて方ですか」

手のひらで涙を拭きながら聞いた。

「目黒署から応援で来ていた吉澤《よしざわ》さん。とても良い方ですよ。あ、ちなみに階級は警部」

「やっぱり、田島さんの将来を……」

恵美が言うと、不思議とそう思えてくるから止《や》めてくれ、と思う。

「とりあえず吉澤さんに謝りに行きましょう。私もついていってあげますから。あの新人のほうは私がボコボコにしておきます」

階段を足どり重く上ってくるのを見て、田島は頷くと、彼女との距離を三歩分に保ちながら先を歩いた。

「やっぱ、へたくそですね」

恵美が言ったのが、田島の慰め方に対してなのか、それとも自分に対してなのかはわからなかった。

5

瞳が過去にパパ活で相手をしたのは六名。友人から誘われ、軽い気持ちではじめたと言う。会う前に身分証を確認していたのが幸いして、相手方とはすぐに連絡が取れた。住まいは都下全域に広がっていたが、皆、都内の企業に勤めていたために、全員から話を聞くのにさほど時間はかからないだろうと思った。

ただ、勤務先に刑事があらわれると心情的に良くないだろうと、事前に連絡をとり、休憩時間や業務後に待ち合わせて話を聞いた。敵対心を抱かれれば、出てくる情報も出てこない。相手を安心させるような言葉をかけつつも、油断なく観察する。

六人中五人は、パパ活について警察が話を聞きに来たことに、ある種の恐れを抱いていた。パパ活についての後ろめたさ、世間体、会社での地位が崩れてしまう、など。さらに瞳が襲われたことを伝えると、自分が疑われているのではないかと考え、身の潔白を証明するかのように証言をしてくれた。

そんな中、ひとりだけ印象が異なる男がいた。香《か》川《がわ》という人物で、瞳とは八回ほど会っており、一番のリピーターということだった。

香川と東銀座の喫茶店で待ち合わせたのは午後四時。経営するＩＴ系のベンチャー企業は近くにあるようだ。約束した時間より早めにあらわれた香川は、ブランド物をラフに着こなし、動作のひとつひとつに成功者特有の余裕が見られる人物だった。

事前の調査によれば、年齢は四十三。妻と五歳の娘がおり、世田谷区瀬《せ》田《た》のマンションに住んでいる。スポーツをしているのか、体つきもスリムだ。

「佐々木瞳さんが何者かに襲われました」

田島は開口一番に言った。すると香川は目を見開き、息を飲み込んだ。

「容体はどうなのですか」

「刃物で切りつけられて深手を負われていますが、命に別状はありません」

「そうですか、それは不幸中の幸いでした」

手帳を開き、ペンを乗せる。

「佐々木さんと最後にお会いになったのは？」

「いつだったか……三、四ヵ月くらい前だと思うのですが」

「正確にわかりませんか？」

「ちょっとお待ちください」

スマートフォンを操作しはじめた。メッセージのやりとりを確認しているようだ。

「ああ、これだ。七月ですね。七月十三日。その後は仕事が忙しくなりまして」

恵美が頷いた。事前に得た瞳の証言とも合致している。

「ところで、なぜパパ活を？」

素朴な疑問だった。香川は擬似的に親子関係を楽しむような年齢でもなく、仕事もプライベートも充実しているように見える。ほかの顧客と決定的に違ったのは、そこだった。香川のような人間は、パパ活にどんなメリットを見出《みいだ》しているのか？

「そうですね……」

腕を組み、それから軽く握ったこぶしに顎を乗せた。

「うまく言えませんが、非日常を体験したかったと言いますか。仕事に追われる毎日で、家に帰っても仕事が頭から離れずプレッシャーを感じていました。気が休まらないんです。しかし瞳さんと食事をするときは完全に頭を空っぽにできたんですよ。違う人生を生きているみたいで」

横では恵美が、香川の一挙手一投足を見逃すまいとするかのように凝視している。

「佐々木さん以外とは？」

「いえ、ありません。彼女だけです」

田島は椅子に浅く掛け直し、上半身を香川に寄せた。

「ちなみに、事件のあった夜ですが、どちらにいらっしゃいました？」

「やはりそうくると思いました。そういうの、ドラマだけじゃないんですね」

「ええ。とても大切なことなので」

香川は軽く目を瞑《つぶ》ると、記憶を探るように唸《うな》っていたが、二秒ほどで答えを出した。

「その夜は、会社の連中と近くのワインバーに行っていましたよ。ちょっとお待ちください」

そう言って、スマートフォンでその店のホームページを表示させた。

「アリバイをお調べになるんですよね？」

「ええ、そうなりますね。ご協力感謝いたします」

田島はその店の連絡先を書き写していたが、香川の言葉で手を止める。

「ちなみに、通り魔かなにかですか？」

頭の中でスイッチが入った。

「可能性は、あります」

「最近、戸越のほうでしたっけ？　似たような事件があったじゃないですか。ちょっと離れているけど、あれとも関係があるんでしょうかね？」

香川の発言が不自然ではないかとすばやく計算する。

通り魔というキーワードはたしかにニュースで出ていた。しかし瞳の場合は、氏名を伏せられて報道されているから、被害者が瞳だったことはいま知ったはずだ。それに、瞳が襲われたのが南千住であったことはここでは話していない。それなのにどうして離れているとわかったのか。瞳は自宅の場所をある程度伝えていたのか……？

もうすこし泳がせるか。

田島はメガネのブリッジを人差し指で持ち上げた。

「どうでしょう。なにかお心あたりでも？」

「いえ、年の瀬になって、物騒《ぶっそう》だなって」

ごく普通の世間話でもしているかのような香川の表情からは、意図は読み取れなかった。話す口調も穏やかで、落ち着いている印象がある。まるで、この時間を前からシミュレーションしていたかのようだ。

「たしかに通り魔の可能性もありますが、彼女だけを計画的に襲った可能性もあります。現段階ではいかなる可能性も等しくある、ということです。それを絞り込むためにこうしてお話を伺ってまわっています」

「なるほど、それはご苦労様です」

どこか鼻につく男だったが、かといって疑えるだけの材料があるわけでもなかった。

「最後に、これがなにかおわかりになりますか」

テーブルの上に置いたのは、イタズラ子猫のマスコットだ。香川の顔に変化があった。

「ご存じなんですね？」

「ええ、うちの娘も好きですので」

いや、違う。もっと別の感情のようにも見えたのだが……。

ここで追及しても得られるものはないか。しかし、しばらくマークする必要はありそうだ。

今日はこのあたりで、と田島が手帳を閉じたときだった。いままでなにも言わなかった恵美が口を開いた。

「どうして瞳さんと会わなくなったんですか？」

やや驚いた様子の香川だったが、すぐに笑みを取り戻す。

「まあ、別れたのは、私の仕事が忙しくなって時間がつくれなくなったからっていうかんじですかね。すれ違うような日が続いて」

腹の内を探るような目の恵美に香川は居心地悪そうにしていたが、話は終わりだというように立ち上がると、まるで大学の後輩にするかのように、じゃあ、っと手を上げて店を出て行った。

香川の背中が消えるのを待って、田島は恵美に向き直る。

「なんです？　いまの」

「なんか、気になりませんか、あの人の態度」

「まぁ、友達にはなれないかんじですけどね」

「田島さんと友達になれるひとなんて、そうそういませんよ」

「はい？」

恵美はマロンケーキにフォークを突き刺して口に運んだ。そういえば、いつの間にか、自分ひとりだけケーキセットを注文している。

「あの人、執拗《しつよう》なかんじがしたので」

「というと？」

クリームがついたフォークを、指揮者のタクトのごとく掲げた。

「そもそも『パパ活』はつき合ってもいないいんですよ。食事したり、散歩したり、服を選んであげたりだけの関係。それなのに、『別れた』とか『すれ違い』だって。勝手に自分のものになってるって思い込みの激しい男は、すなわちストーカー予備軍ですよ」

「そんなの、言いがかりに近いじゃないですか。毛利さんの誘導に乗って答えただけかもしれない。それに、あの人にはアリバイがある」

「そこはトリックがあるのかも」

「瞳さんは、襲ってきたのは知らない人物だったと言っていますよ？」

「それも変装かも」

「じゃあ、ほかの二件との関係は？」

「それは……これからです。見えないつながりがあるのかもしれません」

どうして恵美は香川を目の敵にするのだろうか。フラれた男に似ているのかと思ったが、聞かなかった。プライベートなことに興味はない。

「でも、田島さんもおかしいって思っているんでしよ」

「たしかに違和感はありましたね」

ふたたび、こんどはやや大きめにカットしたケーキを迎え舌で放り込んだ。

「あたしも思ったんです。なんとなく、あのひとは通り魔の仕業にしたいんじゃないかって」

田島は、すっと上がった口角を隠すように、コーヒーカップに口をつけた。

どうやら、同じような感覚を持った人間が近くにいたらしい。


夜の捜査会議がはじまるまでに、瞳が過去にパパ活で関係のあった者のアリバイはすべて確認された。さらに瞳を襲った者の似顔絵も作成されたが、一瞬の記憶をもとに描かれたものであるため、どこまで有意なのかは疑問だった。それでも、なにもないよりはもちろんいい。


現在のところ、被害者に共通しているのは女性であるということくらいしかなかった。また犯人は被害者のことを念入りに調べ、綿密な計画のもとに犯行に及んでいる可能性が高い。ならば被害者に近い存在か、ある程度の期間は同じ生活エリアにいたはずである。しかし聞き込みを行っても、防犯カメラ映像をいくらかき集めても、各被害者に共通する不審な影はなかった。そして、被害者間の関係も、あいかわらず見えてこない。

その現実を前に、野田の眉間の皺は、日に日に立体感を増しているような気がした。

「犯行、そして逃走の様子がカメラに写っておらず、目撃情報もないというのは、よほど綿密な下調べをしていたからなのだろう。無差別殺人だとしても、通り魔と決定的に違うのはそこだ。そうなると被害者はどう選ばれたのか……。八木、そのあたりはどうだ」

八木は返事をして立ち上がり、手帳をめくるが、声にキレがなかった。そういえば会議がはじまる前から頭を抱えていた。なんとか実のある報告をしようと思考を巡らせていたのだろう。しかし、如何《いかん》せん情報が少なすぎた。

「被害者の仕事や髪型、血液型や星座まで調べましたが、共通点はまだ見つかっていません」

ありません、と言い切らなかっただけでもよかった。

「じゃぁ、被害者のどんな特徴が犯人を引きつけたのだ」

野田の問いは八木だけでなく、この場にいる捜査員全員に向けられたものだったが、答える者はだれもいなかった。

このとき、田島の頭の中にはひとつの考えが浮かびつつあった。しかし、まだ矛盾が多すぎてかたちにできない。いままで得た情報の中に、ノイズのようなものが混ざっていて正しい姿を見ることができていない。そんな感覚だった。

そのノイズをかき分けて真相を見ようとしているのが眉の傾きにあらわれたのかもしれない。幹部席の一番端の席で腕組みをしていた原田が声を発した。

「おい、田島。なにかあるのか？」

「えっ、はっ？」

思わず、声が上ずった。

「お前がそんな顔をしているときはたいていなにかある」

皆の視線が集まった。

「どうなんだ、田島」

野田管理官にも名指しされた。

「なんでもいい、言ってみろ」

こうなったら言わないわけにはいかない。八木と入れ替わるように、ゆっくりと起立する。

「はっ。一連の犯行ですが、ストーカーの可能性があるのではないかと」

「ストーカー？」

会議室内に戸惑いの声が上がる。

「一件目の被害者はだれかにつけ回されていると周囲に話していました」

「たしかにそうだが、あやしいとされる人物にはアリバイがあったんだろう？　それにストーカーの対象は特定の人物であることが常であり、連続殺人事件には発展しない」

「しかしながら、犯行の用意周到さが偏執的な気がします。それがストーカーに見られる特徴に酷似しています」

野田はメガネを取り、眉間をつまんだ。

「変質的な無差別連続殺人鬼かもしれない。それに、二件目の被害者についてはどう説明する？　ごく普通の主婦だと聞いているが、彼女もストーキングされていたという情報でもあるのか？」

田島は八木と木場を見る。ふたりとも首を横に振った。

「いいえ。ありません」

野田は原田と顔を見合わせてから言った。

「いま重要なのは、次の犯罪があるのかどうか。あるならどんな人物が狙われるのかを突き止めることだ。そのためには三人の被害者の共通点をみつけだすことが重要になる。とにかくいまは共通点をさがせ」

捜査員一同が頷いた。しかし、話は終わりだという雰囲気を振り切るように田島は声を張った。

「しかし、もし被害者間に関係がもともとなかったとしたら、なにもつかめないまま次の犯行が起こるかもしれません」

「なにが言いたいんだ？」

「まだわかりません。しかし、犯人像が矛盾だらけなのです。無差別に被害者を選択したのだとしても、念入りに調べたうえで犯行に及んでいるとすれば、ストーキングに近い行動を取っているのではないでしょうか」

野田がすっと顎を上げた。

「それで?」

「ならば、次の被害者は、いま現在、ストーカー被害にあっているひとなのかもしれません。その訴えをしている人を探せばいいのではないでしょうか」

「待て。お前は年間二千四百件ある都内のストーカー相談案件をひとつひとつ当たれと言っているのか? 東京で収まらなければ、全国で二万件を超える相談がある」

過去に防げなかったストーカー殺人事件の反省から、警察は被害者を守るために些細《ささい》な相談でも受理するようになっている。そのためここ数年の取り扱い件数が急増しているのだ。

原田が背もたれに体を大きく預けながら、田島に笑みを向けた。

「田島、焦るな」

田島は思考を立ち止まらせた。たしかに先走ってしまったかもしれない。

「すみません」

「いや、お前の考え方は間違ってはいないと思っている。しかし警察のリソースは無限ではない。要は効率の問題だ。犯人は次の犯行を計画しているのか、しているとしたらそれはだれで、犯行はいつなのか。わからないからなるべく最短距離でたどり着きたい。管理官が言っているのはそういうことだ」

「理解しております。すいません、解決を急ぎすぎました」

田島は着席を促され、腰を下ろした。しかし、こうしているあいだにも犯人はあらたな被害者を生んでしまうのではないか。その焦りが心をざわつかせていた。

どうにも落ち着かないまま、この日の会議はこれ以上の論議もなされないうちに終了した。


自動販売機横のベンチに座り、考え込んでいた田島の横に恵美がドスンと座った。

「弁当、確保しておきましたよ」

捜査本部が立つと、泊まり込みで捜査にあたることが多くなるが、その者たちのために差し入れられる弁当を両手に抱えていた。

「ストーカーなんですか？　初耳ですよ」

田島は腰を浮かして、すこしばかり横にずれると、そのぶん恵美のほうに体を向けた。

「なんだか、この事件は相反することが起こっているような気がして」

恵美は「そうですかあ？」と抜けた相槌を打ってから続けた。

「たしかに犯人は用意周到です。被害者の行動を念入りに調べあげたうえでの犯行だとすると、まさにストーカー。でも管理官が言うように、複数の女性を同時にストーキングの対象にするなんて聞いたことがありません。ストーカーの心理は、歪《ゆが》んではいても恋愛感情ですから対象はひとりなわけですよね。だから連続無差別殺人と考えたほうが話はシンプル」

「本当に無差別なんでしょうか」

「田島さんは、被害者間で関係がないというのを気にしているんですよね。年齢も見た目も違う。共通するのは女性であることくらいだから。でも、実はだれでも良かったのではないかという考え方もできません？　たとえばだれでもいいから人を殺してみたいと考える殺人鬼がいたとします。そして街を歩いていてだれかに目を付け、犯行が成功するかどうかをある程度観察する。そして不幸にも候補者として残ってしまったのが、三名の女性だった。どう？」

たしかに辻褄は合う。

「しかし、そうなると犯人の行動パターンがわからない。日常のなかでターゲットを探したにしてはあまりに広範囲という気がします」

「そんなの、そう考えさせるためにあえて離れた場所でターゲットを探せばいいことじゃないですか。

素晴らしいあたしの推理を認めたくなくて反論したい気持ちはわかりますけどね」

恵美はおどけて言うが、ここまでつき合いが長くなると、そうではないこともわかってくる。

恵美は田島に反論させたいのだ。そうすることで思考を整理し、本筋をみつけださせる。買いかぶりかもしれないが、田島の性格を見越したうえで、あえて対抗意見をぶつけ、能力を発揮させようとしているのだ。

「やっぱ、あたしって天才だなあ。完璧《かんぺき》な推理」

悦に入る恵美を見て、やはり買いかぶりだったと思った。

そこに田島の懐《ふところ》で携帯電話が振動した。見ると原田だった。

「参事官、さきほどは失礼しました」

『それはともかく、お前、いま時間あるか』

「はい、まぁありますが、なにか」

『それなら第三会議室に来い』

了解の意思表示をする前に電話は切れた。

恵美と連れだって、指定された会議室に入る。グレーの無粋《ぶすい》なテーブルを挟んで四つの椅子が向き合っていて、原田の隣に座っていた男が立ち上がった。

下げた頭には白いものが二割ほど混ざっていたが、後ろで束ねた長髪と整った体つきで全体的には若々しい印象を受けた。

原田は、恵美が抱えた弁当を怪訝《けげん》な目で見ていたが、その視線に気づいた恵美が弁当を差しだす。

「いっこ食べます？」

なにも見ていないとばかりに、原田は無言で首を横に振った。

「こちらは相武《そうぶ》医大の精神科医、渋谷《しぶや》先生だ。犯罪者の精神鑑定から被害者遺族のケア、さらにカウンセリング技術を応用した職務質問や犯罪心理学の観点からの助言などで多くのご協力をいただいている。神奈川県警本部長賞も受けておられる」

恐縮です、と渋谷が頭を下げた。

「以前、別の事件でお世話になったことがあってな、それからもいろいろと相談に乗ってもらっている」

渋谷の素性はわかったが、それで？　と原田を見返す。

「お前、ストーカーにこだわっていたよな」

「こだわりというか、単なる連続殺人にしては……」

このまま事件の話をしてもいいのか、と気になったが、原田は顎を引いて見せた。

「守秘義務契約も交わしているから大丈夫だ。今回の件についても、概要はお話ししてある。捜査本部のプロファイラーがいただろ？　彼女は渋谷先生の教え子だった」

渋谷が頭を下げた。

それを受け、田島は続ける。

「単純な連続通り魔殺人とするには腑《ふ》に落ちないことがあります。無差別に選んだ被害者に対して綿密に計画を立てて殺害するという犯人の行動が不自然な気がするのです」

「無差別に選んだからこそ綿密な計画が必要だったのではないのか？　ま、それはともかく、お前は、犯人はストーカー的な行動をしている人物だと考えたほうが説明がつくということだったな」

田島は頷いた。

「それで、今日は渋谷先生が別件で来られているのを知ってな、時間をもらったんだ。ストーカーのことを犯罪心理学の見地から知れば、お前の推理の役に立つかと思ってな」

「参事官は、警察のリソースは限られているから、いまは余計なことは考えるな、とおっしゃいませんでしたか」

「そんなことを言ったか？」

とぼけるような原田に頭を下げる。

「ともかく……機会をいただいて感謝です。渋谷さん、どうぞよろしくお願いいたします」

　原田は会議があるからと、三人を残して出て行った。

「さっそくですが、ストーキングを行うというのは、どういった心理なのでしょうか」

　渋谷はコクリと頷いて口を開いた。これまでなんども説明してきたのかもしれない。淀《よど》みのない、さらりとした語り口調だった。

「典型的なのは執着心です。『この人との関係が終わってしまえば自分の人生も終わりだ』と思い込んでいて、つきまとうことも一種の愛情表現だと思っているんです」

「しかし、愛情が殺人に及んでしまうのはなぜなのでしょうか。相手のことを好きなはずなのに」

「一概には言えませんが、対象者を殺害することで、自分の所有物として人生を終わりにさせると考えるのです。つまり、自分を最後の男だとしたいわけです」

　小さく恵美が毒づいたのが聞こえた。渋谷も気づいたようだが、そのまま会話を進めた。

「私が相談を受けたケースで、ある男性が職場の同僚につきまとっていました。いっしょに仕事をする中で好意を抱き、食事に行くようにもなった。しかし、しばらくして避けられているのではないかと感じはじめました。すると、かえってその女性に対して強い執着心を抱くようになったといいます」

「なんか子供みたい」

　恵美が、こんどははっきりと吐き捨てた。

「あたしには六歳の甥《おい》っ子がいますけど、飽きていたおもちゃをほかの子にあげようとすると急に執着を見せて絶対にあげないって言うんです。それといっしょ。ほんとに身勝手」

　いっしょというのは少々乱暴な気もするが、恵美が言いたいこともわからなくはない。逃げられると追いたくなる者はたしかにいる。

　田島は、続けましょう、と渋谷に目で示した。

「その結果、ストーカーになったと？」

「ええ、男性は女性の家の周りをうろついたり、尾行して行動を監視したりするようになりました。自分の良さを女性が理解できていないから避けられているんだ、と思うようになっていったのです。もっと自分のことをわかってほしい。わからせてやる――と余計、追いかけたくなる心理が働くわけです」

「なるほど……。しかし、そのつきまとい行為が殺意に変わるというのはどういうメカニズムなのでしょうか」

田島にはミステリーだったが、渋谷は答えを持っているようで、考えるそぶりもみせず、顎髭《あごひげ》を撫でながら言った。

「多くは〝怒り〟です。たとえばその女性がほかの男性と話をするだけで裏切り行為だと感じてしまう。愛情が憎しみ・怒りに変わるということになります。自分の思いどおりに動くべきなのだという支配欲が勝手に強くなり、その反動から衝動的な行動をとることがあるのです。裏切られてこれ以上悲しい思いをしたくないという自己防衛も高まり、やがてひとつの答えにたどり着きます。『殺害することで女性を永遠に手に入れることができる』と。なかば強迫観念にかられるのです」

田島はふと恵美の様子が気になった。

どうも、さきほどから様子がおかしい。こぶしを強く握りしめ、真一文字に結んだ唇は血の色を失いつつあった。

気にかけつつも渋谷に尋ねる。

「どういった人間がストーカーになるのでしょうか」

「生い立ちや暮らしてきた環境などさまざまな要因が関係しますので一概には言えません」

「では判断基準はありますか。たとえば、このひとはストーカーだと見分けるような」

「多くの場合、それは行動で判断するしかありません。ぱっと見ただけでストーカーだと断言することは難しいのです。たとえば取り調べの場に私が鑑定のために呼ばれたとしても、行動を観察した事実がなければ判定しようがありません。ふだんはほかの人と変わらないように見えると思います」

「つまり、ストーカーだからと言って精神疾患とは限らないと？」

「基本的な話としては、程度の差こそあれ、だれでも独占欲や執着心は持っています。それが〝一般〟から乖離《かいり》している状態なわけです。そしてこの〝一般〟は時代によって変わります」

「人間の行動は昔から変わっていないが、基準となる線引きが変わっている、ということですか？」

渋谷は頷いた。そして、後ろ頭に手をやった。

「なにを隠そう、この私も学生時代に好きな女の子にラブレターを渡したくて彼女のアルバイト先で待っていたことがあります。これも、いまならストーカーと呼ばれてしまうかもしれません」

ペットボトルの水を口に運び、思考を整理するようにやや時間を置いた。

「ストーカーであるかどうかは、観察された行動を現在の枠組みに照らし合わせて判定しているともいえるわけです」

「なるほど。言動を観察した事実や物的証拠がない限り、ストーカーだと認定できないということですね」

渋谷は頷いた。

「ぱっと見でわかればマークして、犯罪を未然に防ぐこともできるんでしょうけど、そうはいかないところです。ちなみに、さきほどの男性は『境界性パーソナリティ障害』と診断しました。自己愛が強すぎて、自分が傷つくのを極端に恐れるタイプです。幸いだったのは、このひとの周りに正常な判断力を持った友人がいたことです。本人の言動の異常性に気づき、最悪の結果になるのは防げました。今後、適切な治療を行えば、社会復帰も可能でしょう」

最悪の結果……。田島は考え込みながら唇を真一文字に結んだ。

「先生、殺害は衝動的ですか？　綿密な計画のうえに殺害を遂行することはありますか」

「すべてのストーカーたちが教科書どおりのパターンにはまるわけではありませんので確かなことは言えませんが、女性を殺害することで自身の願望を叶《かな》えようとする場合、後のことは考えていないケースが多いといえるかもしれません。つまり、殺害＝自分のものになる、という目的さえ達成されるのであれば自分はどうなってもいい。逮捕されようが、自殺することになろうがです」

となると、用意周到に逃げ回っているこの事件の犯人像と合わない。

「もし、綿密な殺害計画を立てるなら、怒りではないでしょうか」

「最後にもうひとつ。ストーキング対象が複数になることはありますか」

渋谷は過去の案件を探るように顔をしかめた。

「通常は恋愛感情が発展して憎しみに変わりますので、その場合の対象はひとりです。ただ……」

田島は思案気な渋谷の言葉を待った。

「対象が複数になるとしたら、愛情が変化したというよりも、むしろ復讐に近いのかもしれません。たとえば、ストーカー対象と仲が良かった友人に対する嫉妬《しっと》や、自分と別れるように入れ知恵をしたのではないかと思い込んで襲う。そういったケースはありました」

「それも考えたのですが、被害者間に関係性がないのです。復讐を考えているのなら、なにかしらの共通点があるはずですよね」

「そうですね、なければ〝女性〟に対する無差別殺人になるかと思います」

結局、いつもそこに落ち着いてしまうのだ。

「しかし、田島さんはそうは思われていないのですね」

「堂々巡りですよ」と苦笑する。

「原田さんもおっしゃっていました。田島さんはほかの刑事と目の付けどころが違う。しかも頑固だから一匹狼になるんだと」

渋谷はしばらく笑みを浮かべていたが、しばらくして、それをすっと引っ込めた。

「ただ、この事件の資料を見させていただいたときに思ったことがあります。たしかに、やりかたがストーカーのようだなと」

田島は顔を上げた。

「私は捜査のプロではありませんが、ひとつ言えるとしたら……」

「なんでしょうか」

「さきほど、殺害することが唯一の目的だった場合、後先を考えない衝動的な犯行になりがちだと言いましたが、もし計画を立てて用意周到に殺害するとしたらやっかいです。なにしろ、ストーカーは対象者に関することをほかのだれよりも知っています。趣味嗜好《しこう》、駅から自宅への帰り道、立ち寄るコンビニで何を買うのか。時として、被害者本人ですら気づいていない癖《くせ》や行動パターンまで……。もしそれらを駆使されたら、計画は完璧なものになるのかもしれません」

6

国会議事堂の正門前にある国会前庭《ぜんてい》、戦前は陸軍省と参謀本部があったというこの場所は、いまは公園として整備されている。

田島はこの公園が好きだった。

皇居のお濠を見下ろす丘にあり、政治の中枢といわれる場所でありながら訪れるひとは少なく、落ち着けるのだ。

この公園のシンボルといえる存在なのが時計塔だ。

立法・行政・司法の三権分立を象徴する三つの柱が、支え合いながら冬の朝特有の突き抜けた空に伸びている。午前八時を示す文字盤も三つあり、それぞれ国会議事堂、霞《かすみ》が関《せき》、最高裁判所を向いている。

紅葉に囲まれた静謐《せいひつ》な空気のなか、時計塔の横にあるポリバケツのような色をしたベンチに座っていた。隣には田島の数少ない友人が座っていて、空を見上げながら田島の話を黙って聞いていた。

「――というわけです。現在、捜査中なので詳細が言えなくて申し訳ないですけど」

「なるほど。それで、田島さん的にはどうにも気持ち悪いと」

その男の名は松井《まつい》健《たけし》という。元陸上自衛隊朝霞《あさか》駐屯地所属の警務官で、自衛隊内の事件を担当する、いわば自衛隊の警察官だった。

一年ほど前に発生したテロ未遂事件で出会い、その捜査を巡っては対立したこともあったが、その中でお互いが信頼に値する人物だとの認識を深めた。

「すいません、だれかに話すことで自分の頭を整理したかったのですが、相棒はちょっと違う思考回路の持ち主で」

「ああ、あのお嬢さん。毛利さんでしたか。でも、意外と似たもの同士かもしれませんよ」

松井は田島よりもひとまわり大きな体を揺すって笑った。

あの事件の後、松井は自衛隊を退官したが、お互いに連絡をとりあうようになっていた。今回は、秋田に出張した際の土産を渡したいと松井から連絡があり、朝の捜査会議前に会うことになったのだ。土産は『いぶりがっこ』と『なまはげまんじゅう』だった。

「ところで、いまは要人警護の仕事をされているんでしたっけ？」

「ええ。のんびりしたかったのですが、あちらこちらから話をいただいて。いまはとある会社の会長さんの警護をしています。でも、まぁ、以前と違って平和ですよ」

上空をヘリコプターが通過した。アメリカ軍のブラックホーク。方角から見て、六本木にある在日米軍施設『赤坂プレスセンター』へ要人を運んでいるのだろう。

松井はどこか懐《なつ》かしそうな目でブラックホークを見送った。

「ところで先ほどの話ですけど——アニメキャラクターに関連したものを殺害現場に置いているという」

「ええ、どんな意味があると考えられますか」

「でも、私の意見など」

「松井さんの捜査能力は我々よりも上ですよ」

「なにを言うやら」

「すくなくとも我々とは違う目線をお持ちだ」

「そうですねえ。ならば、あくまでも参考としてですよ」

松井は洞察力を増したかのような黒目がちな目を向けると、念を押すように頷いた。田島もそれにならって頷く。

「犯罪者があえてマーキングをするのは、それなりの目的があるはずです」

「そうですね。今回の場合、自己顕示だと考えていますが」

「ええ。ですが自己顕示のやりかたにもいろいろあります。たとえばマスコミに犯行声明を送りつけたり、意味深なマークを書き残したり。そして今回のように意図的にアイテムを残すケースです。それがなんなのかわかりませんけど——」

歯がゆいが、松井には事件の詳細について報道されていない部分は伝えられない。しかし松井は田島の立場については理解を示してくれているのか、詮索するようなことはなかった。

「映画や小説を真似《まね》て、バラの花やトランプやタロットカードを残すとか。犯人の目的としては『連続殺人が進行中でありだれが狙われるかわからない状況』を作りだして市民を恐怖に陥れる。またはあえてヒントを残すことで警察に対する挑戦というのもあるかもしれません。いずれにしても犯人には目的があるわけです」

「その目的がなんなのか、まったく見えてこないんです。ただ、メッセージを発信しているというよりは、同じ犯人による事件であることをアピールするような印象があります。つまり前者ですね」

「しかし納得がいかないってかんじですね」

「ええ。なぜケムクラジャーなのか……」

しまった。つい捜査情報を口走ってしまった。

松井は苦笑した。

「まぁ、それを聞いても私にはなんのことかわかりません。でも、こういう事件ですから、ほかのものだったとしても同じように思われるかもしれませんよ」

「たしかにそうかもしれません。犯人が『事件が自分の仕業だと知らしめられればそれでいい』と考えているだけなら、アイテムはなんでもいいと」

「ええ。こだわりすぎても犯人には近づけないかもしれません。自分にたどり着かせるものであってはならないと考えたら、まったく関係のないものを選ぶ人間だっているでしょう」

たどり着かせたくない……。

「そうだとすると、通り魔やテロに近いということでしょうか」

テロと聞いて松井の目が険しくなる。

「一般人を無差別に巻き込むという意味では近いかもしれませんが、テロには政治的思想が背景にありますす。この痕跡の残し方はちょっと違う気がしますね」

田島は同意して頷く。

「ちなみに、そういう作戦ってあるんでしょうか」

松井は首をゆっくりと回す。ポキポキと骨が鳴った。

「まぁ、作戦というか、『戦場で足跡を発見したら気を付けろ』っていう言葉はあります。痕跡を鵜呑《うの》みにすると、相手の術中にはまることもあるということです」

「罠《わな》、ですか？」

「ええ。たとえば、引きずったような足跡を残したり、動物の血を残したり。怪我《けが》をしているようにみせかけることで、追っ手にさほど遠くには行っていないと思わせることができますし、油断させて待ち伏せをすることもできる。ほかにも、大人数の部隊だと思わせて作戦を攪乱《かくらん》するとか、わざと痕跡をみつけさせることで、敵を一ヵ所に集めるとか」

そう言いながら腕時計を確認した。どうやら時間のようだ。

「すいません、今日はありがとうございました。参考になりました」

「なにも言っていないですよ」

松井は笑いながら立ち上がる。そして時計塔の銘板に目を留め、指をさした。

「〝百尺竿頭《ひゃくしゃくかんとう》一歩を進む〟ですよ。努力を尽くしてもなお、尽力する。答えを急ぐと、論議し尽くしたと思って歩みを止めてしまうこともある。それが一番いけないことかもしれません。ま、そうは言っても捜査の現場にはいろんなプレッシャーがありますけどね」

田島は苦笑し、いつものように堅い握手をした。赤坂方面に歩く松井の背中をしばらく見送った後、田島は踵《きびす》を返し、警視庁に足を向けた。

国会前の変則的な横断歩道で信号待ちをしていたとき、携帯電話に着信があった。八木からだった。なぜか嫌な予感がしたのだが、それは的中した。

『砧《きぬた》だ！　世田谷の砧公園で刺殺体が発見された！』

くそっ！

田島は心の中で毒づくと、携帯電話を耳に当てたまま走りはじめた。

しかし、すぐに足を止めた。

「なんだって、もう一度言ってくれ」

聞き間違いかと思った。

『だから、被害者は香川なんだよ。お前ら、話したんだよな？』

香川が殺された……？

「すぐに行く」

それだけ言って電話を切ると、脱兎《だっと》のごとく飛びだした。

捜査一課に駆け込むと、こんどは恵美が血相を変えて駆け寄ってくる。

「田島さん！」

「いま聞いた。香川が殺されたって」

「そうなんですけど、ケムクラジャーが！」

その意味が一瞬遅れて理解に変わる。

うそだろ……。

捜査会議室に集まった捜査員たちは戦慄《せんりつ》していた。そして、第四の事件を止められなかったという忸怩たる思いが会議室内をかき回していた。

恵美は、会議がはじまる直前に着信があって席をはずしていたが、野田管理官が状況を説明する前に戻ってきた。それを横目に見ながら野田が続ける。

「被害者は香川輝夫《てるお》、四十三歳。IT系ベンチャー企業の経営者だ。現場は世田谷区砧公園、東名高速道路東京インターの高架横。ガイシャの自宅近くにある砧公園のフェンスに胸や腹などを刺されてもたれかかっているのを発見された。死亡推定時刻は深夜二時から四時ごろ。最近は仕事で帰りが夜中になることは多かったようだ」

ということは、犯人は香川を尾行していたか、生活パターンを把握していたことになる。

「なお、現場に近い世田谷美術館駐車場の防犯カメラに、あやしい人物が写っていた」

高速道路の下を横切る道があり、砧公園を背にするようなアングルで高架下の駐車場出口を写している。午前二時四十分。車も人も通行がない。画面手前から小走りに男が駆け抜けた。全体的な体格はつかめるが顔は写っていない。

死亡推定時刻に現場付近を通っているだけで、この人物が犯人だという確証にはならないが、それでも、いままでまったくその姿を見ることができなかっただけに、追うべき材料があるのは沈みきった士気を上げることにはなった。

「田島、お前らはガイシャと話をしていたんだよな？」

野田管理官はいつもの冷静さを崩してはいなかったが、その声は震えていた。

「はい。被害者は佐々木瞳さんの、いわゆるパパ活の顧客のひとりでした。アリバイも確認できましたし、佐々木瞳さんも、つけ回していたのは知らない男だと証言していましたので一連の事件との関係は見えておりませんでした」

「そうか。それで、これが現場に残されていた。なにか意見はあるか」

スクリーンに写真が映しだされた。ケムクラジャーのアクリル製キーホルダーだった。

各現場にこのキャラクターが置いてあることはあえて報道していない。つまりこれは模倣犯ではなく、一連の犯人によるものということになる。

田島は答えを持っていなかった。ただ、ひとつだけいえることがある。

「すくなくとも、これで一つの共通点が崩れました」

野田は二度三度と頷いた。

「ああ、犯人は女性だけを選んだわけじゃない」

「はい。さらに『被害者間に関係がない』というのもある種の共通点だったのですが、それも崩れました。四人のうち佐々木さんと香川だけは関係がありますので」

「それをどう解釈すればいい？」

恵美が小さく手を挙げた。

どこか警戒の色を浮かべていた野田だったが、発言を促した。

「犯人は、被害者の行動パターンをある程度調べてから犯行に及んでいたと考えられます。ということは、佐々木さんを調べている過程で香川のことも知り、ターゲットにされたとは考えられないでしょうか。犯人から見れば、殺せる人物であればだれでもよかったという前提になりますが」

「なるほどな、その可能性もあるかもしれんな」

田島も横で頷きながら、そんな単純なことなのだろうかとも思う。

そのとき、いきなりドアが開いて、福川捜査一課長、さらに吉田《よしだ》刑事部長が沈痛な面持ちで入室してきた。

吉田は異例の早さで出世してきたキャリアのエリートだときいている。歳もまだ四十代なかばだろう。

未遂を含む四件の連続殺人事件に発展してしまったことに、ついに上層部で直接指揮をとることになったのかもしれないと思ったが、野田に対する信頼が揺らいだわけではないようだった。

吉田刑事部長の言葉を、皆は息を飲んだまま聞いていた。

「指揮は引き続き野田警視に執っていただきます。いまは厳しい状況です。第四の犯罪を防ぐことができず、市民の信頼は崩れ堕《お》ちました。そしてなにより、次は自分の愛する人が被害にあうのではないかと恐れているでしょう。しかしここまで大きくなってしまったのは管理官の責任ではなく、いまでも最適な人物に変わりはありません。一丸とならなければならない時期に、私たちが口を挟むべきではない。最適な人物を置き、あとは諸君らに託します」

丸投げにもとれそうな言い方だったが、もちろん違った。

「私は責任を取るのが仕事ですから」

重い言葉だった。だが圧力をかけるのではなく、捜査員を信じるという気持ちが伝わって、静かに士気が沸いた。


会議が終わると、野田が田島と恵美を呼んだ。

「犯人像が描けずに混乱している。なにより犯行の終わりが見えない。これは市民を不安に陥れてしまうことにもなる。絶対に止めなければならない」

同意を求める目を向けられたので、田島は静かに頷く。

「つらいところだが、佐々木さんしか手がかりがない。お前らで話してもらえるか」

「了解しました」

田島はそう答えたが、野田は恵美を窺っている。

「どうした、異論でもあるのか」

「ありません。いえ……言わせていただければ、彼女はかなり精神的に追い詰められています。そっとしておいてあげたいです」

声が震えていた。感情を懸命に押し殺しているのだ。

「さきほど、会議の前に本人から連絡がありました。香川が殺害されたことをニュースで見たそうです。かなり動揺していました。自分を狙った犯人が香川を殺し、次は自分だと思っているからです」

さっきの電話はそうだったのか、と頷く。

瞳から見れば、襲撃者の目的が謎《なぞ》であるだけに、いろいろと想像してしまうのだろう。

「気持ちはわかるが、彼女は唯一の手がかりだ。田島、お前はどう思う。ほかに手があるか」

瞳には、今回の防犯カメラの映像を見せ、そして襲撃されたときのことをさらに詳細に聞くことになるだろう。なにか聞き漏らしたことはないか、あらたに思い出したことはないか。もしすこしでも証言に齟齬《そご》があれば、また執拗な検証質問がはじまる。たしかに相当な負担になるはずだ。

田島が頭の中で話を整理していたときだ。管理官の隣でやりとりを聞いていた、管理官の補佐が役どころである理事官が、耐えきれなくなったように口を挟んだ。

「三人も死んでるんだぞ！　辛《つら》いとか言わせている場合か！　徹底的にやる必要があるだろうが！」

すると、恵美が詰め寄った。

「彼女は被害者ですよ？」

理事官は恵美を無視して田島に向き直る。

「おい、田島。聞けば、彼女の聴取は毛利にばかりやらせているそうじゃないか。なぜお前がやらない？」

田島は肩をすくめて見せた。

「毛利が適任だと思うからです」

理事官は、呆《あき》れた、というように短く鼻息を吐いた。

「もういい。聴取はこっちでやる」

別の刑事を呼び寄せようとした理事官に恵美がたちはだかった。

「警察の無能を被害者に押しつけんな！」

視線が一斉に集まる。

「なんだと?」

理事官の広い額には青筋がくっきりと浮かび上がっていた。

まずい、言い過ぎだ。

田島はあいだに入った。こんなときは、ガラにもなくおどけた口調になる。

「えーっとですね、補足しますと、襲われて精神的なショックを受けているのに連日、聴取されるのはすでに相当な負担になっていると。その状況だと、出る情報もなかなか出なくなる、ということなんですよ」

「そんなことはわかっている! しかしな、負担がどうした。そんなことを気にしているからまた犠牲者が出たんだろうが!」

暗に、自分たちに責任があると言われているような気がした。それでも田島は冷静さを失わない。

「結局は効率の問題なのです。いち早く犯人にたどり着くための捜査の突破口はほかにあります。佐々木さんの聴取も戦略的に行おうと考えていますので、このまま任せてもらえませんか」

疑問形ではあったが、答えを待つつもりはなかった。野田に一礼を残して恵美を引っぱりだした。

「どこに行くんですか?」

「突破口はほかにあると言った手前、捜さないと」

「え、ないんですか」

「あればとっくに提案しています」

自動販売機の陰《かげ》に恵美を押し込むとコーヒーを買う。たしか、恵美は甘いものが好きだったはずだから、ミルクと砂糖が多めのものを選んだ。

「瞳さんから連絡があったんですって?」

「はい、かなり驚いていました」

「そうでしょうね……。我々ですら衝撃でしたから」

沈黙のあと、恵美がぽそりと言った。

「どうして聞かないんですか」

「なにを?」

「あたしがキレちゃったこと。普通なら怒るでしょ。しかも二回目。相手は理事官だし、その人に向かって田島さんはほかに手があるなんて嘘までついた。ガチで田島さんのキャリアを壊しちゃいました」

おいおい……。

「ま、普通なら怒りますが、あなたは自分が普通だと思っているんですか？」

田島はメガネのブリッジを弾《はじ》く。

「それに、私も普通じゃないですから」

コーヒーを手渡した。

「冷たっ！　普通は温かいほうじゃないですか？」

「頭を冷やせってこと」

恵美はふぅっと息を吐きだすと、床に視線を置いたまま話しはじめた。

「あたし、アメリカに留学していたとき、ルームメイトがいたんです。ステファニーって娘《こ》で、ブロンドがきれいだった。すごく話が合って、よく遊びにも行きました。歳下《としした》だったから妹みたいで。卒業したら日本に遊びに行くって言ってて」

楽しい思い出に触れて弛緩していた頬が、すっと締まった。

「でも、ある日、ステフが帰ってこなくて。次の日も」

缶コーヒーのプルタブを開ける力もないのか、パチンパチンと弾く音が廊下に響いていた。

「彼女、湖の近くで死んでいました。ストーカーに殺されたんです。犯人は金持ちのボンボンで、会ったのは一回だけ。勝手に思い込んで、勝手に殺して、勝手に自殺しました。もう、なんなんだろうって……」

やり場のない思いがそうさせるのか、恵美は頭を掻き回した。

「ちゃんと話を聞いてあげればよかった……」

「うん？」

「彼女、一度だけ話してくれたことがあって」

「ストーカーの……こと？」

「はい。言い寄ってくる男がいるって。でもあたしそこまで真剣に捉えてなくて。そいつは金持ちで割とイケメンだったから、逆にいいじゃん、なんて言ってて。あとで知ったけど、ステフは悩んで警察にも言ってたみたい。でも、直接的な被害がなければ受理すらしてくれず、凶悪犯に比べると優先順位も下だったんです。あたし、そのことに怒って。悔しくて悲しくて、あと……虚《むな》しくて」

瞬《まばた》きに押しだされた涙が、頰を駆け抜け、手の甲に落ちて弾けた。

「ステフの両親が来て、荷物を引き上げて。お母さんがあたしに言ったんです。『あなたはなにをしていたの？』って。それで気づいたんです。あたしは彼女の一番近いところにいて、彼女を守れる唯一の人間だったのに、って」

だれもいない長い廊下の先に、サイレンの音が聞こえた。

田島は思い出したかのようにベンチに座った。恵美も従って、ベンチの端に腰を下ろした。

「毛利さんが警察官になったのは、そのためですか？　同じようなことを起こさないように」

恵美はかぶりを振って、自嘲《じちょう》気味に笑った。

「違います。罰ですよ」

「罰？」

「あたしは卒業したら父の会社に入って、いずれは受け継ぐはずでした」

恵美の父は大手の貿易会社を経営しており、経済界でも顔が広いと聞いている。

「あたしはステフを見捨てた警察官が大嫌いだった。だから、一番嫌いな世界に身を置いたんです」

「それが、罰、ですか」

「はい。嫌な目にあうたび、触れたくない犯罪と向き合うたび、心の中ではこれでいいと思っていました。罰だから」

恵美は精神的に大丈夫だろうか。カウンセリングを勧めたほうがいいだろうか。

「正直、田島さんは一番嫌いなタイプです。でもコンビを組まされたときにはこれでいいと思いました」

自分の存在も罰の一環だった？

「でも、いっしょに仕事をしていて、だんだん心境の変化があったっていうか。田島さんの口癖《くちぐせ》の『警察官として』シリーズは嫌で嫌でしかたがなかったけど、ちょっとずつ、わかるような気もしてきて……。いまでもステフを夢に見ることがあります。瞳さんと会ってからは、とくに。だから、絶対に守らなきゃって」

ほぼ毎日病院に顔を出し、彼女の話になると感情的なふるまいを見せることがあったのはそういう事情だったのか。

田島としては、やるべきことはひとつだ。一刻も早い犯人の逮捕。そのために必要なことをやるのみだ。瞳への執拗な聴取が必要であるならば、田島は命令どおりするだろう。

ただ、それが唯一の策だとは、まだ思えない。

「じゃ、行きますよ」

それだけ言って外へ出る。

「どこに？」

「刑事の基本。迷ったら現場百回ですよ」


「どこの現場かと思いきや、田島さんはどうしても二件目が気になるんですね」

田島は堀切駅に降り立っていた。空に正午を過ぎたばかりの太陽を遮《さえぎ》る雲は浮かんでいなかったが、風は季節相応に冷たかった。

「全体を俯瞰するとね、どうしてもここだけひっかかるんですよ。被害者の周辺にあやしい人物はいなかったようですし、ストーカーにしろ、無差別殺人鬼にしろ、この件だけはなにか違う」

「でもケムクラジャーがあったから、一連の事件と関係しているのは確かですよね」

「そうなのですが……どうしても単なる連続殺人には思えない」

恵美はしばらく、うーんと唸っていたが、共感しきれなかったようだ。

「勘ですか？」

「どうでしょう。それすらわかりません」

田島はメガネのブリッジを弾き、『再現モード』に意識を投じた。いまある情報をもとに脳内に現場を構築し、自分の意識を投影するのだ。被害者と同じ状況に身を置き、被害者の目線でなにがあったのかを理解する。このやりかたを知っている恵美も口を挟まずに田島を彼の世界に置かせている。

深夜十一時三十五分。駅の防犯カメラによると、同じ電車から二十人ほどの乗客が降りているが、上田聡美がこの改札を通ったのは十二人目。そしてここで立ち止まっているあいだにすべての乗客が彼女を追い越している。それから跨線橋を見上げた。聡美はあたりを見渡しながら跨線橋を上る。

線路を跨ぐと、正面には川幅三百メートルの荒川が広がっている。しかし、いまはただ真っ暗な空間が横たわっているだけだ。この跨線橋を渡ったほかの乗客は、堤防の上に造られた都道を左に曲がってそれぞれの家に向かうが、聡美はただひとり右に曲がっている。

隅田水門を渡るまでの五十メートルは、歩道といっても線がひかれているだけで、幅も人ひとり分。段差があるわけでもなく、正面から来る車が、まるで突っ込んでくるのではないかと思ってしまう。首都高速道の下をくぐって、その先の横断歩道を渡る。

強い風が川面からスロープを駆け上がってくる。堤防から見下ろすと、街灯の光はスロープの中程までしか届いておらず、その先は闇だ。水不足になるとダムに沈んだ村が姿を現すことがあるが、かつての生活道路が水面に飲み込まれる光景を連想した。そこを彼女は降りていく。影に飲み込まれ、そして刺された。

田島は意識を現在に戻した。スロープの上から現場を見下ろしている。いまはもう規制線は外されているが、この藪に立ち入るものはいない。いるとしたらホームレスの住人くらいだろう。彼らの住処《すみか》であるブルーシートを、背の高いオギの藪が覆っている。

「なにかわかりました?」

田島は寒風にコートの襟を寄せた。

「ほかの被害者は、自分の生活圏内で殺害されています。これはストーカーのように被害者の行動を監視することで計画を立て、待ち伏せをしたことになります」

「無差別殺人じゃなかったら、ですけど」

田島は、わかってる、と頷いて続ける。

「ところが、この二件目は違う。被害者がここに来たのははじめてだった。つまり犯人は被害者の行動を予測することができず、待ち伏せすることはできなかったはず」

「じゃあ、やっぱり無差別殺人なのでは? だれでもいいから殺したかったという犯人の前に、被害者が偶然通りかかった」

田島は頭の中で、得られた情報をジグソーパズルのようにつないでいた。それがぴったりとはまっていれば良いのだが、どこか無理やりはめ込んだピースがあるような気持ち悪さを感じていた。そのたったひとつのピースのために、すべてが収まるところに収まっていない……。

もう一度、現場に目をやる。

聡美はこのスロープを降り、そして藪の中で……。

田島の背中を電気ショックが貫いた。自分の考えが理にかなっているかなんども考える。

どうしていままで気づかなかった……。

呼吸まで止まっていたのか、田島は大きく息を吸い込んだ。恵美が片方の眉を上げて横目で見る。

「被害者は、どこで刺されたんだろうか」

「どこって、この坂を下ったところですよね。そこで刺されて、藪のなかに隠された」

「それ……おかしくないですかね」

「どこがですか」

「ほかの事件は路上で襲い、そのまま放置して逃走するというやりかたでした。それなのにここだけ隠すようなことをしたのはどうしてでしょう」

「普通の考え方だと、隠すのは発見を遅らせるためですよね。自分が安全な場所まで逃走するために」

「それです、それがこの犯人像と合わない。ここは隠さなければならない状況ではない。街中と違って、目撃される可能性は格段に少ないんですよ？」

「たしかに……。でも、じゃあどうして」

田島は人差し指と親指のあいだにつくったわずかな隙間から恵美を覗き込んだ。

「細いですよ、とっても細い線です」

そう前置きしてから言った。

「被害者は刺されたあとに藪のなかに引き込まれたわけじゃないと思います」

「え？」

「ホームレスのヨネさんは、女性の声を聞いたと言っていました。それは、被害者は自分から入っていったということではないでしょうか。そこで刺された」

「ちょっと意味がわからないんですけど。夜中にホームレスのだれかに会いにきたとでも？」

「かもしれません」

「そんなばかな。いったいなんのために」

「わからない。わからないんですが、そう考えるとつながる気がします。それぞれの事件がつながっていないってことが」

「どうしちゃいました？　禅問答みたいですよ」

田島はきつく両腕を組んでつま先に視線を落とす。そして猛烈な勢いで思考を回転させた。さまざまな情報。つながりかたによってはまったく違う風景を描きだす。すべてがつながる絵はどれだ！

そのとき、松井の言葉が浮かんだ。本当の姿を見せないために、あえて痕跡を残す……。

はっとして顔を上げた。

「やはり、ストーカーなんだ」

「ストーカー……なんですか？」

恵美はそう言って河川敷を見渡す。

「事件全体を見渡すと、この二件目だけが異質ですが、そのほかはストーカーという共通点を見出すことができます」

「でも、瞳さんは犯人のことを知らないと証言しましたよ。それに一番あやしかった香川を含め、パパ活の関係者はみなアリバイがありました」

田島は頷いた。

「それも、複数犯なら可能です」

「でもケムクラジャーが……あっ」

「そうです。あれ自体には意味はなく、単独犯にみせかけるアイテムとして使っただけだとしたら」

恵美はガードレールに腰を下ろすと、腕を組んだ。

「しかし、それでも……。もし複数犯だった場合、犯人同士の関係ってなんなのでしょう。短期間に連続して事件を起こしているということは、連絡をとりあって連携していることになります。しかし、一件目の事件であやしかった医者と、瞳さんの件で一番あやしかった香川とのあいだには関係がなさそうでした。そしてこの二件目についてはストーカーの気配すらなかった」

「そのとおりです。単独犯に思わせることで捜査を攪乱しようとしたのなら、ある程度組織的な背景があると考えたほうがいいのかもしれません」

「敵はひとりじゃなく、組織……？」

田島は何度か頷いた。頷くたび、確信が強まっていった。

「やはり瞳さんに聞かなければならないことがあり

ます」

堀切駅に戻り、各駅停車の上り電車に乗る。車内は閑散としており、田島と恵美のほかには三人の乗客が離れて座っているだけだった。

二駅過ぎて曳舟駅にさしかかったころ、いままでなにも言わなかった恵美が、視線をまっすぐ窓の外に置いたまま、体をわずかに寄せて口を開いた。

「不倫関係だったそうです。いままで黙っていてごめんなさい」

それがなんのことなのか、田島は理解するまでに時間がかかった。ひょっとしたら恵美のことかと思ったからだ。

「はじめはそんなつもりはなかったそうなのですが、なんども会っているうちに、一晩だけ過ごしたそうです」

田島は得心して頷いた。

「あ、瞳さんと香川のことですね？」

「ほかにだれがいるんですか。瞳さんは関係を後悔して、それっきり会うのを止めたのですが、香川はしばらくしつこくメールや電話をかけてきたようです」

「ストーカー、ですか？」

「しかし、香川の場合はそう呼ぶほどのことではなかったといいます。すぐに止めたそうなので」

「香川の場合は、とは？」

「別の人物につきまとわれていたというんです」

「それが今回の犯人？」

「いえ、それとも違うそうです。だから本人も気持ちが悪くて、まるで街中の人がみな自分を監視しているんじゃないかって錯覚に陥《おちい》ることもあったそうです。外に出るのが怖くなったって……」

すこし強めのブレーキがかかり、それに抵抗する力も出ないのか、恵美が田島によりかかった。

「黙っていてごめんなさい」

もう一度言った。

「瞳さんがあらぬ疑いや詮索、中傷されるのを避けるためですね」

「はい。でも、さっきの話を聞いて、田島さんが答えに近づくのを、あたしが邪魔してるみたいに思えて……」

「瞳さんの過去が、事件とどんな関わりを持つのかわかりませんが、邪険に扱ったりはしません。こんどは私も話してみます」

曳舟駅で家族連れが乗ってきて、会話はそこで終わった。

断片的にさまざまな情報が入ってくるが、それぞれがどんなつながりがあるのかはまだわからない。

ただ、鵺《ぬえ》のようなその正体の尻尾の先が見えたような気がした。


瞳は、以前よりも怯えているように見えた。

「朝のニュースで見ました。どうして……、私のことと関係があるのですか？　同じ犯人が……？」

「それはまだ捜査中です」

「ここにいることが知られていたら……夜が怖い」

「警備の者もいますので安心してください」

「夜はあたしも泊まりましょうか」

恵美がそう言って、瞳はすこし安心の表情を見せた。

田島は単刀直入に聞くことにした。

「あなたと香川さんの関係についてお聞きします。毛利は口が固かったのですが、無理やり話を聞きだしました。言いづらいこともあるかもしれませんが、犯人を捕らえるのが目的です。どうかご協力ください」

瞳は、いちど恵美の顔を窺ってから、こくりと頷いた。

「確認なのですが、あなたが何者かにつきまとわれはじめたのは、香川さんと別れてからで間違いありませんか？」

頷くのを見て続ける。

「そしてあなたが知る限り、それは香川さんではなく、心あたりのない人物だった」

また頷いた。

「もし、一回でもパパ活で会ったことがある人物なら見分けられますか?」

「……たぶん、わかると思います。でも、私をつけ回していた人は知らない人でした。なんども見たわけではありませんが、ふと視線を感じて振りかえってみたら慌てて視線を外したり、自販機の陰からこっちを見ていたり。同一人物のようでしたが、いずれにしろ会ったことがない人でした」

「しかし、まったく関係のない人が、ある日突然ストーカーになることはありません。状況的にストーカーに一番近いのは、やはり香川さんです」

ここで一呼吸おいて言葉を整理する。

「まだ想像の段階ですが、ストーカー行為が香川さんからの連絡がなくなってからはじまったのであれば、その人は香川さんから頼まれた、と考えられます」

「それって、どういうことでしょうか。香川さんが、だれかに私をつけるように頼んだってことですか? そして、襲うようにって……」

「根拠はまったくありません。いまはこの不思議な状況を解き明かす手がかりがなにかないかと探し回っているところなんですよ」

田島は瞳が不安にならないよう、あえて明るい口調で言った。

「だから、なんでもいいので香川さんについて知っていることがあったら教えてほしいんです」

瞳は記憶を探るように視線を泳がせていたが、やがて小さくため息をついた。

「すいません、とくにこれといって」

「そうですか。焦らなくても大丈夫です。思い出すことがあったら、私か毛利に」

瞳は両手を小刻みにさすった。不安の表れなのだろう。

「そうそう、香川さんのSNSなんかを確認しているのですが、裏アカウントを持っていたとかご存じありませんか？」

香川の履歴を調べたところ、とくに変わったことはなかった。しかし、裏の顔があるなら複数のアカウントを使い分けている可能性があると考えていた。

「いえ、どうでしょう……。あ、でも、なんかのコミュニティというか、サイトを持っていたような気がします」

香川は元システムエンジニアだ。そのあたりはお手のものかもしれない。

「それは、わかりますか？」

「すいません」

首を横に振った。

「いえいえ。最後にもうひとつ。あなたのほかに会っていた人がいたかどうか聞いていませんか？」

瞳は視線を手元において、それから首を振った。

「いえ、そういったことは聞いたことはなかったと思います」

香川は会社の経営者で、プライベートでは一児の父親。彼のような境遇を羨《うらや》む者も多いだろう。その半面、パパ活に興じてもいた。仕事のストレスから逃れ、頭を空っぽにできる時間が欲しかったという。

瞳がストーカーに狙われることになったのはパパ活、とくに香川の存在にありそうだが、そのためには香川という人間を理解しなければならない。

田島と毛利は瞳に礼を言って病室を出た。

浅草駅に向かって歩いた。時折、バスかタクシーが来ないかと振りかえってみるが気配はない。このまま歩くか。

情報が欲しい。渇望の思いが繰りだす足を自然に早くさせる。恵美にとっては小走りに近い速度だった。

「どこに行くんですか」

恵美の声が後ろから追いかけてきた。

「香川の会社です」

「すでに別班が話を聞いているはずですけど？」

たしかに今日の午前中、捜査一課の別の刑事が聞き込みに行っている。

「しかし、それは被害者としてです。私は加害者でもあると思っています」

恵美が、どこか嬉しそうにため息をつく。

「はじめてですね。確信を持って言うの」

「毛利さんには申し訳ないが……勘です」

「ずるい！　あたしには散々根拠がないことを言うなと言っていたくせに」

田島は首の後ろをさすった。信号で足を止め、子供を前後に乗せた自転車が通り過ぎるのを待つ。

「香川と瞳さんは、この一連の事件で唯一、被害者間で関係があります。つまり、これらの殺人が無差別ではないことを証明する人物だと思っています」

「じゃあ、みんななにかに共通して関わっていることがあるということですか？」

「それを知るために行くんですよ」


香川の経営する会社で名乗り、社員から話を聞きたい旨を伝えると、小さな会議室をあてがってくれた。社員はぜんぶで三十人ほど。ほとんどが社長死去に伴う対応に追われており、仕事どころではないようだ。

いわゆるワンマンで、社長以下は同列といった組織体制であったためにリーダー不在の状況だ。現在は社外取締役や顧問弁護士が入って急場を凌《しの》いでいるようだが、精神的なフォローまでケアが行き届いていないのか、ショックから体調を崩して帰宅した者もいるとのことだった。

話を聞ける者から順に呼んでくれることになった。ここで知りたいのは香川の裏の姿だ。端的に言えばネガティブな部分。セクハラやパワハラといったこと、政治的、差別的な発言など。表の香川に殺されるだけの理由が見あたらないので、裏側に犯人の気を引いたことがあるのではないかということだ。

呼びだされた社員たちは、みな一様に動揺していた。あんな素晴らしい人が殺される理由はないと口をそろえた。

亡くなった人のことを悪く言えないという心理が働くのだろう。当たり障りのない話ばかりが続いた。

もちろん、香川は被害者であり、社員もそう意識している。容疑者として情報を集めに来た田島と目線が合わないのもしかたがないことかもしれなかった。

「なーんか、ありそう」

四人目の社員が部屋を出ると、恵美がポツリと言った。田島も同感だった。

「やはりそう思いましたか」

「なんかあるけど、状況が状況だけに言いづらいのかな」

「そうでしょうね、とくに残された家族のことを考えると、なおさらです」

「死者には敬意を、ですかね。どうします、出直しますか？　このまま聞いてもきっと同じですよ」

田島はメガネを外した。

「だめならまた来ますが、次の被害者が出るのを止めたい。聞けるだけ聞きます」

「わかりました。じゃ、ちょっとツッコんでみます」

次にあらわれたのは派遣社員の女性で、もうすぐ正社員に登用されるにあたり、香川には大変世話になったと残念そうにうつむいていた。泣きはらしたのか目の充血は治まっていない。

「犯人を逮捕するために、いまさまざまな情報を集めています。なにかお心あたりなどありませんか？」

「明代ちゃん――退職した社員がいます。ストーカー被害にあって、精神的に辛くなったらしくて」

ストーカー？

田島と恵美は顔を見合わせ、話の続きを静かに待った。

「その子……香川さんと噂があって。それで別れた後にそんなことが起こるようになったんです」

田島は、任せた、と恵美に頷いた。

「それって、香川さんがストーカーだったの？」

女性社員は激しく手を振る。

「違います、違います。何回か顔を見かけたけど、知らない人だったたって言っていました。まぁ、はじめはみんな香川さんを疑ったんですけど」

「みんなって？」

「仲の良かった女性社員、数名です」

「そのことをだれかに相談した？　会社や警察に」

「いいえ。香川さんと不倫関係だったたから、言えなかったようで」

「いえ……」

まただ。どこか歯切れが悪い。死んだ恩人を悪く言うことは自身の人間性を疑われる行為だ、という意識が喉元《のどもと》でストップをかけているようだ。

恵美が身を乗りだした。

「ね、ほんとになんでもいいの。女子会とかで出る噂話程度のものでも」

「えっと……」

世間体と良心の鬩《せめ》ぎ合いに、恵美が追い打ちをかける。

「あなたからの情報だとはわからないようにします。あなたの勇気が、事件解決に結びつくかもしれません。それは次の被害者が出るのを止めることでもあります。どうかお願いします」

やはり同じ女性に言われると言葉の浸透力が違うのか、派遣社員の顔に迷いの色があらわれた。恵美の笑顔がその背中を押す。

いちど後ろを振りかえり、ポツリと言った。

「そんなの、セクハラだったって言えばよかったのに。たいていは女が勝つわよ」

「ちょっと、ちょっと毛利さん」

田島はいったん止めると聞いた。

「ストーカーが香川さんだったらともかく、違うんですもんね？」

「……はい」

瞳も同じようなことを言っていた。

「その方の連絡先、わかりますか？」

「電話もＬＩＮＥもつながりません。でも、住んでいたマンションは知っています。いまもいるかどうかはわかりませんが」

田島は丁寧に礼を言い、情報の出所は明かさないと安心させて、会社を出た。


坂下明代は、教えてもらったとおり、西武新宿線新井薬師前《あらいやくしまえ》駅から徒歩十五分ほどのマンションにいた。

ドアを開けてもらうまでに五分、チェーンのかかったドアの隙間から話をして、中に入れてもらうまでにさらに十分かかった。香川が殺害されたことを知って、ようやく扉を開けてくれたが、ここでも恵美の存在に助けられた。

同じ女性として気持ちがわかるのか、同調から共感、そして安心させることができていた。

田島にとっては、それが意外でもあった。人の気持ちなんてお構いなし、というスタンスに見えたが、ことストーカー被害については受容の姿勢を見せる。やはり元ルームメイトがいまも大きな存在として彼女の心の中にいるのだろう。

警察官になったのは自分への罰だったと恵美は言った。

しかし被害者に接する姿を見ていると、警察官として背負うべきものをつかんでくれたような気もした。時として、頼もしく思える。

ともかく、話をさせてもらえることに安堵しながら、恵美につづいて部屋に入った。

ワンルームの部屋のカーテンは閉め切られ、ドア横のささやかなキッチンにはゴミ袋が積まれていた。食材を買って自炊するような余裕もないのだろう。半透明のゴミ袋の中にあるのは、コンビニ弁当の容器だったり、出前のピザの箱だったり……。

「ゴミを出しに行くのも怖くて……」

明代の声は震えていた。本来なら可愛らしい顔つきをした女性なのだろうと思ったが、心労がたたるのか肌は歳上の恵美のほうが瑞々《みずみず》しく感じられるほどだ。

バサバサの髪の毛を後ろで束ね、まるで他人の部屋に入り込んでしまったかのように立ち尽くしている。

恵美がそっと手をとり、小さな丸テーブルを挟んで座った。飲み物でも、という明代に構いませんと言うと、ぽつりぽつりと話しはじめた。

「前に、回収車が来る前に、私のゴミ袋だけが持ち去られたこともあったから。それに、ある日、ドアノブにコンビニの袋が掛けてあって、中には……猫の……頭が」

その場面が蘇《よみがえ》るのか、明代はきつく目を閉じた。

恵美は明代と肩が触れるほどに体を寄せると、励《はげ》ますように手を背中に回した。

「そういった被害は、いつくらいからはじまったのですか?」

聞くのは田島だが、恵美に向かって答える。

「半年ほど前になります……。貯金もそろそろなくなるし、なんとかしなきゃって思うのですが、いつもだれかがいるようで……」

「ご家族や、ご友人に相談は?」

「親に心配をかけたくないし、友人といってもだれを信じていいのかわからないんです……香川さんとは会社でも噂になっていたから連絡することもできなくて」

「立ち入ったことをお聞きいたしますが、香川さんとはどんなおつき合いをされていたんでしょうか？」

「……いわゆる、不倫関係でした」

「その関係を解消してから、被害にあわれている、で間違いありませんか」

「……はい」

「そして、あなたをストーキングしていた人物は、あなたの知らない人だった？」

「はい。だからだれを信じていいのか……」

やはり瞳の案件と状況がよく似ている。

「ちなみになのですが、別れ方はどうだったでしょう？　向こうには未練があるようなかんじでしたか？」

明代はうつむいた。そこからさらに頭を下げる。

「正直に言うと、ずいぶんともめました」

「別れたくない、と？」

「……はい。やはり未来がない関係ですし。それで別れたいと切りだしました。その場では理解してくれたように見えたのですが、それからもたびたび呼びだされたり、なにかとふたりきりになるような仕事を割り当てられたりしました。そして別れたくないと、声を荒らげることもありましたし、泣きだしたり……。でも、一、二ヵ月ほどでそれも収まり、順調に仕事を進められるようになったのに、こんどは知らない人から……私がなにをしたの……」

丸まった明代の背中に、恵美はそっと手を置いた。

「それでは、香川さんについてお聞きしたいのですが、どんな方でした？　なにか気になったこととかありませんか？」

「どんなと言われても……ふだんはとてもやさしい人でしたし」

「ふだんは？」

「いちど……レストランで待ち合わせたことがあって……香川さんはすでに席にいてスマートフォンで

なにかのサイトを見ていたのですが、私、驚かそうとして後ろから近づいたんです。そしたらすごい顔で睨まれて」

「え、どうしてです？」

「香川さんはすぐに『社内情報だったから』って言って笑っていましたけど。でも、そのときの顔がふだんと違っていたから……」

それが呼び水になったのか、ハッと顔を上げた。

「もうひとつありました。よく香川さんは、離婚するから、と言っていました。どこか軽い印象というか目が本気ではなかったので信用はしていませんでした。そんなことをできる決断力も勇気もない人ですから。でもある日、ひどく酔ったときに言ったんです。離婚してくれなかったらだれかを雇ってでも殺す、って」

田島は、突然体の中が冷却されたかのように感じ、息を飲んだ。

「もちろんお酒が入っていたこともあるかもしれませんが、むしろそのときのほうが、目は嘘ではないように見えましたので」

殺す……？　どこまで本気だったのかはわからないが、その後、本人が殺されることになったのは無関係でない気がした。

香川には、やはり二面性があったようだ。ただ、それがなんなのか。そしてどうして殺されなければならなかったのか、まだわからない。


明代には犯罪被害者のケアを担当している者から連絡させると言って、その場を後にした。

「田島さん、あたし、わかっちゃったかも」

「なにがです？」

「瞳さん、明代さん。ふたりとも香川と別れた後に被害にあっているけど、ストーキングしていたのは知り合いではない。ってことは、やはりだれかにストーカーさせていたんだと思います。こんなことを頼めるくらいだから、香川にかなり近い関係ってことになりませんか」

「もちろんその可能性はありますが、説明しなければならないことがふたつあります。はじめの二件については、どうなのか、です。いまのところ、香川と被害者のあいだに関係は見つかっていません、もうひとつは、香川はだれに殺されたのか、です」

「うーん、そうかぁ」

「しかし、見当違いだとも言い切れません。毛利さんの考えたとおり、瞳さんと明代さん。どちらも状況がよく似ていますからね」

恵美はおかっぱ頭を掻いた。

「これからどうします？」

「彼が使っていたコンピューターを解析してもらいましょう」

「それも、もう調べていませんでしたっけ？」

「ええ。しかし交友関係を調べるという名目だったので、あくまでもメールなどの確認が中心だったはずです」

「そっか、なにかしらのサイトを持っていたって言ってましたもんね。そこで裏の顔を見せているかもしれない。レストランで見ていたっていうのもそれですかね？」

「おそらくね。もっと奥底になにか手がかりが隠されているのかもしれません」

新井薬師前から高田馬場《たかだのばば》を経由して桜田門へ戻る。

エレベーターに乗り、捜査本部が置かれている会議室に向かうために、十七階のボタンを押す。上昇をはじめたが、捜査一課のある六階で止まり、ドアが開いた。そして木場とともに西村管理官が入ってきた。

「ちょっと、なにやってんの!?」

恵美が素《す》っ頓狂《とんきょう》な声を上げたことに、ふたりは目を丸くした。

「え、いや、捜査会議に」

木場はともかく、西村管理官までたじろいでいた。

恵美は、ふたりが乗り込むだけのスペースをつくるように田島の後ろに回り込んだが、逃げているようにも見えた。

田島は改めて聞く。

「西村管理官と木場。珍しい組み合わせですね」

西村は恵美の頓狂な声による動揺が収まっていないのか、落ち着きがでるまでしばらく時間が必要なようだった。

「え、ええ。荒川の件、被害者のことを捜査していたところ、気になる情報が上がってきましてね。野田さんに連絡をしたら、被害者の情報は八木班が集約しているからと聞きましてね」

「なるほど。それで気になる情報というのは」

エレベーターのドアが開き、会議室に向かって歩きながら話を続ける。

「田島さんは、二人目の被害者を気にされていたそうですね？　そして、本部の意見とは異なり、無差別殺人ではなく計画殺人、しかもストーカーに関連するんじゃないかと」

田島は苦笑しながら頭を下げる。

「二人目の被害者、上田聡美さんですが、たしかにストーカーと無縁とはいえない状況だった可能性があるんです。逆の立場ですが」

「それはどういうことなんですか」

「上田さんが、歳下の男を追いかけていたようなんです」

「ん？　被害者がですか？」

恵美が口を挟む。

「ええっ、それって、逆ストーカーってことっ！……ですか？」

「い、いえ。それはまだわかりません。ただ、そういう姿が目撃されていたということで」

大田区蒲田の六郷《ろくごう》商店街。事件の二週間ほど前、被害者の上田聡美さんがパチンコ店から出てきた年齢三十代後半から四十代なかばの男に追いすがっているところを目撃されていたという。

「どういった内容なのですか?」

「会話については確認できていません。ですが、どこか〝寛一お宮〟を連想させる光景だったと」

「なんですか、それ?」

案の定、恵美が聞いてきた。

「『金色夜叉《こんじきやしゃ》』という明治の小説ですよ」

田島は答えながらスマートフォンで検索し、画像を表示させた。

「これは熱海《あたみ》にある『寛一お宮之像』。物語の印象的なシーンを再現したものです」

高下駄《たかげた》に学生マント姿の寛一がお宮を蹴り飛ばす場面で、熱海の観光スポットとして名高い。

見入っていた恵美の目が大きく見開かれていく。

「これ、ちょっとひどくないですか!」

叫んだ。思ったとおりだ。

「男が女を蹴り飛ばす姿が名シーンって、おかしくないですか!?」

西村は恵美のような女が苦手なのか、すうっと距離をとった。田島は西村をガードするようにあいだに入る。

「どうしてこうなったのか、話せば長いんです。どうしても知りたかったらぜひ読んでください」

説明するのが大変なので、田島はスマートフォンを奪い返すと、西村に向き直る。

「管理官。それで、その男は何者なんでしょうか。被害者は平凡な主婦ってかんじでしたが」

「愛人なのかどうかもよくわかりません。そのあたりは蒲田署から人を割いてもらって聞き込みにあたっています。とりまとめに八木班が動くと聞いています」

そうなのか? と木場に目線を送ると、そうらしいです、と頷きかえした。

「では、また捜査会議で」

西村は、幹部たちの輪に加わっていった。

恵美が木場を見やる。

「また変な仕事を取ってきて……。あたしらはいったいどこに向かえばいいっていうのよ」

「僕が仕事を持ってきたわけじゃないですよ。もともと、各捜査本部の捜査支援という命令でしたから」

田島は恵美に言った。

「そんなに嫌なら、原田さんに言って組分けを変えてもらったらどうです？」

「いったいだれがあたしの面倒を見られるんですか。いたら教えてほしいです」

開き直った？

田島は目頭を押さえたくなる思いだった。

「でも、被害者はみんな訳ありってかんじですね」

しかも変わり身が早い。

「一人目は同じ病院の医師にストーキングされていて、二人目は若い男と不倫」

「それはまだ決まっていません」

「三人目と四人目はパパ活からのもつれ。この訳ありこそ田島さんの欲しかった共通点ってやつでは？」

「共通点を探していたのは連続殺人が無差別だということに疑問を持っただけで、無理やり関係をこじつけることではありません」

田島は無差別殺人ではないという思いを強めていた。被害者はなんらかの理由で『選ばれた』のだ。


捜査会議がはじまったが、長期戦になるのだろうかという不安と、ふたたび犯罪が起きてしまうのではないかという恐れが混ざり合っていた。

そこに捜査員が飛び込んできた。サイバー犯罪対策課の者を数人引き連れている。

「どうした」

野田が、なにごとだ、と両手を開く。

「サイバー犯罪対策課の稲原《いなはら》です」

背が高く、警視庁の募集ポスターに使われそうな爽《さわ》やかな男だった。

「四人目の被害者である香川が所有するコンピューターを解析しておりましたが、とんでもないものが……」

報告する男の後ろで、ほかの捜査員がコンピューターをプロジェクターに接続している。

「香川はストーカーでした」

野田は、田島を睨むと、その視線を固定したまま言った。

「どういうことだ」

「香川はストーカーのための情報交換サイトを運営していたのです」

会議室内がざわついた。それを打ち消すように野田が叫ぶ。

「説明しろ」

稲原が合図すると、コンピューター画面がスクリーンに投影された。

「いわゆる闇サイトといわれるもので、四層からなっております。第一階層にはストーカーが対象者の個人情報を突き止める方法や、効果的な嫌がらせの方法などがあります」

よく見ると、掲示板やQ＆Aのコーナーまである。

「ここから先は階層ごとに選ばれた者が進めるようになっています。第二階層は経験談の共有や報告を行っています」

画面が映しだされる。ストーキングの対象者の顔写真や個人情報が列記されていた。

「なんだあれは」

野田が指をさしたところには『ベストプラクティス』とあった。

「ストーキングを行うための成功例、いわゆる〝コツ〟のことです」

クソが！　とあちらこちらから声が上がる。そのうちのひとつはすぐ横、恵美のものだった。

「問題は次です。ここでは『代理ストーキング』が行われていたのです」

「代理ストーキングだと？」

「はい、本人に代わってストーキングを行うための依頼・請負が行われていました」

田島は恵美と顔を見合わせた。

瞳も、明代も、知らない者から監視されていたと証言していた。

「被害者から見れば心あたりがない人物にストーキングをされるということか」

「そのとおりです。代理でストーキングを行った者は、写真等で結果を報告し、報酬を得ていたようです」

ざわめきが起きた。画面に、嫌がらせメニューのリストが表示されたからだ。

盗撮、ゴミの回収、尾行にはじまり、家に糞尿《ふんにょう》や小動物の死骸《しがい》を置くなどの項目まであり、その難易度によって報酬が異なっていた。


田島の脳裏には、精神的に追い詰められた明代の姿が浮かんだ。隣の恵美を見ると、卑劣な内容にこみ上げる怒りを、こぶしをきつく握りしめることで耐えているようだった。

「さらに過激な性向を持つ者が集まったのが、第四の階層です。直接的な危害を加えるための依頼が行われています。こちらの掲示板では、どうすれば完全犯罪が行えるのか、活発に意見が交わされています」

「なんてことだ……田島、お前が言っていたのは、こういうことか」

田島は小さく首を振った。

「ここまでとは思っていませんでした。しかし、これで見えてきたこともあります。被害者の行動パターンを調べ尽くし、関係ない者が犯行に及ぶ。そして共通する痕跡をあえて残すことで単独犯にみせかけ、捜査を攪乱していたのだと考えられます」

稲原が頷いた。

「はい、これまでのところ、一件目と三件目の事件について、襲撃の依頼がされているのを確認しています」

ざわめきの中、恵美が立ち上がった。

「あの、その中に佐々木瞳さんの名前が上がっていたということですよね。依頼者は？」

「ここでは匿名ですが、ＩＰアドレスを調べたところ、香川でした。実際にストーキングおよび襲撃を請け負った人物については現在捜査中です」

やはり、瞳を狙わせたのは香川だった。

稲原は手元のタブレット型コンピューターを操作しながら続ける。

「香川の名はそれよりも前に出てきます。坂下明代さんという女性にも同様のストーカー行為をしていたようです」

田島と恵美が頷き合っているのを見た野田が呼ぶ。

「田島。お前、どう考えているんだ」

田島は起立するまでのわずかな間に、脳内で話を整理した。

「被害者の佐々木瞳さんと香川は不倫関係にありました」

「なんだと？　なぜそれを言わなかった」

「関係があるとわかるまで、報告を控えておりました」

野田は恵美をひと睨みした。

「まぁいい。それで」

「継続的な関係ではなく、いわゆる『パパ活』を通して、そういう関係になったようですが、後悔してすぐに関係を解消しています。しかし香川は納得しておらず、しばらくはつきまとい行為があったようです。これはすぐに収まるのですが、香川と入れ替わるように見知らぬ者からストーカー行為がはじまったそうです。つまりはこのサイトで依頼したのです。しかし、さきほども報告があったように、この前に坂下明代さんも同様の被害にあっています。

香川の会社の女性社員で、関係を清算した後に知らない人物から執拗なストーキングを受けていました」

「香川は二回行っている？」

「そのとおりです」ここで稲原に聞く。「このサイトはいつから存在しているかわかりますか？」

「すくなくとも、一年半くらい前には稼働しており、その後、支持者を吸収しながら現在の構造が形成されていったようです」

田島の脳裏に明代の言葉が蘇る。

——だれかを雇ってでも殺す。

「そんなに前から存在していたということは、潜在的な被害者はほかにもいるのかもしれません。すくなくとも半年ほど前、香川自身が坂下さんをストーキングするために、このサイトを訪れた何者かに代理ストーキングを依頼した。現在、坂下さんへの嫌がらせ行為はありませんが、彼女はこのときのストレスが元で、正常な日常生活を送れていません」

「そこまで追い込んで、気が済んだということか」

「それもあると思いますが、既にパパ活で佐々木さんと知り合っていたでしょうし——」

「新しい女に夢中になったというわけか」

「はい。そして同じように、関係を拒否された香川は、感情をエスカレートさせたと思われます。今回は殺害まで企てた。精神科医の渋谷先生の話によると、自己愛がすぎると、愛情からくる独占欲が、憎しみ、さらに殺意に変わることがあるとのことでした。通常であれば理性が働くものですが、香川は手段を持っていた。それが箍《たが》を外してしまった」

野田は着席を促し、絞りだすように言った。

「一年半くらい前から存在しているということは、事件化していないだけで、ほかにも多くの被害がでている可能性があるということか」

野田はしばらく唸ると、稲原を睨んだ。

「このサイトにアクセスしていた人物の特定はできるのか」

「全力で当たっています」

田島と恵美は、深く長いため息を重ねた。

今回の犠牲者はこのサイトの利用者により、『代理ストーキング』から『代理殺人』に発展した末ということになる。

香川はこのサイトの制作者であるためほかの被害者とは状況が異なるが、いずれにしろこのシステムの延長線でなにかが起こり、殺害されるに至ったのだろう。その理由は、いずれ突き止められるはずだ。

捜査会議は、全貌《ぜんぼう》解明への道筋が見えてきたことによる一種の高揚《こうよう》感に沸いていた。それでも田島は一抹の不安を感じていた。

それは二人目の被害者だ。

彼女だけは、やはり異質に思えてならなかった。

7

朝の捜査会議に出席すると、若い刑事が三人、部屋の最後部に設置されているコピーマシンにかぶりついて、なにやら資料をまとめていた。どうやらこれから配られるもののようだ。

ということは、なにか進展があったか。

起立っ、礼っ、と号令がかかり、着席した。野田からの短い訓示のあと、香川殺害の現場を担当していた刑事がふたたび起立した。真ん中分けの髪を、数日分の無精髭《ぶしょうひげ》が浮いた顔に乗せている。

「報告いたします。香川が殺害された直後、防犯カメラに現場付近から立ち去る人物が写っていましたが、周辺をくまなく捜索したところ、現場から五百メートルほど離れた環状八号線沿いにあるガソリンスタンド、ここはセルフ式で二十四時間営業なのですが、こちらの防犯カメラに同一人物とおぼしき映像を確認しました」

前席から紙が回ってくる。防犯カメラ映像をカラーコピーしたものだ。スタンドの事務所から見た映像で、歩道を歩くひとりの男が写っていた。たしかに背格好は似ているが、これだけでものごとが進展するようには思えなかった。

しかし、これは演出だと田島は察した。刑事は手《て》柄《がら》の取り合いだ。ネタを抱え込むのは捜査全体から見れば非効率かもしれないが、そこに競争が生まれ、刑事たちのエネルギーになっていることは否定できない。

真ん中分けもそうだろう。自分の手柄を演出によりきっちり見せようとしている。

ざわつく周囲のなかで、田島は静かに待った。

「たしかに、これだと人相まではわかりませんが、二枚目を見てください」

紙をめくる音が響く。

一枚目より数秒間進んだ画像。右端にいた男が、真ん中よりやや左側まで移動している。およそ、五秒後といったところか。やはり、人相は確認できない。

「我々も、これじゃあダメかと思ったのですが」芝居がかった声だった。「注目したのは、給油を終えて車道に戻ろうとしていた車です」

たしかに、歩道の前で一時停止した車の前を横切るようなかたちで男が移動している。

「私はこの車に注目しました」

隣のスキンヘッドがなにかをつぶやき、真ん中分けは『私たちは』に訂正した。

周囲では要点を早く言え、といった空気が漂っていた。

「この車、ナンバーが不鮮明で読めなかったのですが、給油した時刻と給油機の番号、そして支払いがクレジットカードであることを確認し、車の持ち主を特定。そしてドライブレコーダーの映像を見させてもらったところ、その男の顔がはっきりと写っていたのです」

ここで、また紙が一枚回ってきた。あえて一度に渡さないのが憎らしい。が、こんどは顔がしっかりと写っていた。

キャップをかぶっているものの、やや丸顔で、墨汁を落としたような太く短い眉、水揚げされて窒息死した魚のような分厚い唇をだらしなく開いていて車のほうを見ている。

野田はすこしばかり思案して田島に言った。

「この顔写真を被害者に見てもらってくれ」

そう言いながら、恵美がまたキレはじめるのではないかと窺っていたが、そんな気配がないことを確認し、全捜査員にゲキを飛ばした。

「各現場近くのカメラ映像を見直せ！　どこかに写り込んでいるかもしれん。こいつがどこのだれか、あぶりだせ！」

田島は恵美と連れだって病院を訪ねた。

瞳の顔色はずいぶんとよくなったように見えたが、それは恵美が来訪していることでいくらか増幅されているようだ。

「刑事さん、こんにちは」

声にも二十歳らしい若々しさが蘇っている。以前は男に対して恐怖心があったのか、田島とは目をあわせなかったが、今日は笑みを向けてくれた。

恵美がベッドサイドに腰掛けて、語りかけるように話しはじめる。

「瞳さん、今日はね、お願いがあってきたの。実は犯人らしき人物の顔写真があるの」

四つ切りにプリントされた男の写真を手にしているが、まだ伏せている。

「思い出して怖い思いはさせたくないんだけど、協力してくれないかな？」

瞳は笑みを引っ込め、うつむいた。うつむきながら、恵美がまだ伏せている写真を凝視している。

「そこに、あの男が？」

声からも、ようやく取り戻していた明るさの兆《きざ》しは消えていた。

「ええ。犯人かどうかはわからない。それを確認できるのは、あなただけだから」

避けられることではないと理解しているのだろう。ただ踏みだすのに勇気がいるのだ。恐怖したあの瞬間に戻らなければならない。

田島は無理《むり》強《じ》いはすまいと思っていた。それは精神的な負担もあるし、なによりストレスにさらされた状況では正しい判断ができない可能性もあるからだ。

恵美を見やる。彼女も同じ考えのようだ。小春日和のような柔らかい眼差《まなざ》しで、静かに待った。

瞳が頷いた。その反動で視線を上げ、恵美にしっかりとした口調で言った。

「見ます。見せてください」

恵美は写真を手渡した。瞳はゆっくりとめくる。恐怖が蘇るのか、直視することができずに目を背けた。しかし、なにかに思い当たったように写真を凝視した。

小さかった頷きが、徐々に大きくなる。そして言った。

「この人です、間違いありません」

恵美は一瞬、田島を見やってから瞳の手をやさしくとった。

「あなたを襲ったひとで間違いないのね？」

「そうです、そうです……」

前かがみになった瞳の背中をさすりながら、写真をそっと取り戻した。

「ありがとう、ごめんね」

言いながら田島を見る。大きく見開いた目は、獲物を捕らえた豹《ひょう》のようだった。


病室を出ると、田島は携帯電話で八木を呼びだした。

「佐々木瞳さんの証言がとれた。襲ったのはあの写真の男だ」

『そうか、管理官には伝えておく。本部では顔認証をかけている。前科があればヒットするはずだ。併せて、東京周辺の漫画喫茶やホテル、コンビニなどに写真を送付して注意喚起している』

「了解した。ログ解析は進んでいるのか？」

サイバー犯罪対策課では、闇サイトのなかで交わされた会話をくまなくあたり、だれがだれのストーキングを依頼し、そして殺害させたのか。依頼者と実行者、どれだけの人間が関わっているのか全容の解明を行っていた。

『いくつか進展はあるようだ。詳しくは夜の捜査会議で報告があるはずだ。お前、これからどうする？』

「蒲田に行こうと思う」

『二人目にこだわってるな。所轄も動いている。挨拶くらいしとけよ』

とくに止めなかった。

「蒲田ですって？」

電話を切ると、恵美が呆れたような顔をした。

「あっちこっち手を出して。闇サイトの解析がすすめば芋づるですよ。二件目の犯人の手がかりも、あのクソサイトのなかにあります。いまは腰を落ち着けて囲い込むフェーズじゃないですか？」

「あっちこっちと言いますが、私ははじめから二件目に違和感があると言っています。ブレているつもりはありません。それに――」

田島の頭の片隅にあったことが、かたちになっていく。

「闇サイトのなかに、上田聡美さんの件はないのかもしれない」

「それって、逆に男を追いかけていたから？ ナントカ夜叉の話を真に受けているってことですか？ 追いかけて返り討ちにされたと？」

目を吊り上げて迫ってくる恵美を、田島はなだめるようにゆっくりと首を振って見せる。

「違いますよ。あのサイトに集まった殺人者たちは、同一犯にみせかけることに注力していました。たしかにケムクラジャーはありました。しかし殺害方法は似ているけど違う」

「そうですか？ 相違点を比較すると、似ていることのほうが多いように思えますけど」

「相違点の数ではありません。ほかの殺人と決定的に違うことがひとつあります」

「なんです？」

「それを確かめたいんです」

「ずるいっすよ。いつもそうやって抱え込んで」

田島は肩をすくめると言った。

「あらら ぁー、ですよ」

浅草から蒲田は東京を縦断することになるが、都営浅草線には、羽田空港へ直接乗りいれる急行電車がある。これだと乗り換えなしで蒲田まで行ける。

まずは蒲田署に顔を出し、地取りの状況を確認したが、例の『金色夜叉』の様相を見せた一件のほかには、とくに新しい情報は見つかっていなかった。

「勤務先ではどうだったのでしょうか」

対応してくれたのは、典型的なバーコード頭をした刑事課の男。茶を飲んでしかめっ面をしたが、茶が渋《しぶ》かったわけではなかったようだ。

「まったく目立たないひとだったようで、パート仲間ですら印象に残らないって口をそろえたよ」

聡美はスーパーの調理場を担当していたようだった。欠勤もせず黙々と仕事をこなすので重宝はされたが、社交的ではなかったようだ。

刑事が担当する殺人事件の被害者はたいていは他人なので、生前の生き方を知らない。だからどんな人だったのかを知るには、時として家族よりも長い時間を過ごしている勤務先の人間に聞くのが早い。とくに聡美の場合は独り暮らしで趣味らしきものもない。つまり仕事以外で人と関わっていないようなのだ。

印象に残らないといっても、透明人間でない限り引きだせる情報はあるはずだ。

田島はその足で勤務先のスーパーに足を運ぶと、休憩室にいた五人のパート従業員に話を聞く。

もう何度か刑事たちが来ていたこともあり、同僚すらすべて話したと思い込んでいる節があった。聡美の印象を語るその台詞《せりふ》は、言い慣れたようにすらすらと口から出てきた。

「ね、刑事さん。なんか、借金を抱えていたんでしょ？　若い男に貢いだって本当？」

「どこからそんな話が？」

「なんか、ほら。男に追いすがっているのを見たって人がいるんでしょ？　刑事さんに聞いたわ」

田島は心の中で舌打ちをした。

聞き込みの際、記憶を蘇らせるために〝ヒント〟を出すことはあるが、どうやら出しすぎてしまったようだ。しかも誘導で引きだした証言には先入観や思い込みが混じることがある。それが勝手な憶測を呼び、今回のように真相を変えてしまう。

「そのあたりのことはなにもわかっていないんですよ。だから聞きに来ているんです」

するとパートのリーダー然としたおばちゃんが言った。

「そういえばさ、健康診断でさ、若いイケメンのお医者さんをつかまえていたもんね。やっぱり歳下の男が好きなのかねぇ。大人しそうな顔して、本当は好き者よね」

イケメンと聞いて恵美が前に出た。

「ほんとにイケメン？」

また余計なことを、と思っていたが、おばちゃんは気になることを言った。

「いやそうでもないんだけど、問診の順番待ちがやけに長いなって思っていたら、上田さんがずーっと話し込んでいるの」

「それって、レントゲン車がくるやつのこと？」

「そそ。開店前にね、そこの駐車場に入れて健康診断をうけるわけ。ここの休憩室は採血とか問診で使うけど」

「で、上田さんはイケメン先生に食いついていたわけなの？」

おばちゃんは、そーなのよー、と腕を大きく振った。

「開店準備があるのに、先生が帰るのを出待ちしていたくらいよ」

「上田さんはどこか悪かったんですか？」

「聞いてないけど」

「どこの医療機関かわかりますか？」

「さぁ、店長に聞けばわかるんじゃないの」

店長から聞いた医療機関は、同じ蒲田にあった。五台の健診車を持っているようだったが、いまはすべて出はらっていた。

〝イケメン先生〟について調べてもらうと、川崎の大学病院から派遣してもらったという。

その氏名を控えて、川崎に向かう。

「ねぇ、田島さあん」

恵美がこう言うときは、たいてい、おなか空いたと言いだす。

「おなかが空きません？」

やはり。

「空きません」

「うそでしょ、こんなにめまぐるしく飛び回っているのに。もう疲れました」

「めまぐるしいからこそ、疲れを感じません」

実際にそうだった。知らなかった聡美という人間の一端に触れられそうな高揚感が疲れを忘れさせていた。

病院に着いて、受付で用件を伝える。勤務中ということで二十分ほどロビーで待たされた。

「すいません、お待たせしました」

あらわれたのは、まだ医学生の雰囲気を持った男だった。イケメンかどうかは個人の嗜好が左右するが、すくなくとも爽やかな印象はあった。

「健康診断の巡回はアルバイトのようなものでして、あちこちを掛け持ちするものですから」

上田聡美の名前だけでは思い出さなかったようだが、写真を見せ、長いこと話し込んでいたことを伝えると、ああ、と頷いた。

「それが、臓器移植について聞かれまして」

意外な展開だった。

「上田さんはどこかお悪かったのですか？」

「いえ、そういうわけではないと思うのですが、そのときは一般的な話として知りたがっていたというかんじでしょうか。もちろん、出張健康診断ではその場でわからないことも多いですから、人知れず悩みを抱えていたのかもしれませんが」

「ちなみに、どんな質問だったのでしょう」

「そうですね、移植に関する手順であるとか、どういった処置を行うのか、あとはリスクなど。本当に一般的なことでしたよ」

これが事件と関係するのかはわからなかったが、ふだん周りとコミュニケーションを取らなかった聡美が、この医師には積極的に話していたとなると、なにかがあるのではと思う。


夜の捜査会議は、これまで進展が遅かったぶん、ダムが決壊したかのような勢いで情報が上がっていた。その多くは、香川のコンピューターを解析していたサイバー犯罪対策課からだった。

「ストーカーサイトでの情報共有ページには、捜査が入ることを警戒して、IPアドレスを偽装する方法まで書かれていました。どうやら知識のある者がおもしろ半分に情報を提供しており、結果的に犯罪を幇助《ほうじょ》しています」

「プロバイダーに情報提供を求めて個人を特定することはできないということか？」

「はい、しかしほかにも方法があります。金の動きを追うことです。こちらについては捜査二課と共同しております」

「了解した。ではまず、内容について事件への関与が判明したところを報告してくれ」

野田の口調にも力強さが戻っていた。

「まず一件目の『依頼者』については、すぐに目星がつけられました。同じ病院に勤務する医師である久保田《くぼた》です。事件当日は海外に出張していたため、その容疑者リストからは外されておりましたが、このサイトを使うことでストーキングを遠隔で行っていたことになります」

被害者から関係を解消されたあとも、久保田は執拗に連絡を取り続けたため、院長があいだに入ることにより問題は解決されたことになっていたが、それでも久保田は想いを募《つの》らせていたようだ。それはやがて憎しみに変わるが、自分からは行動を起こせない。

そこで利用したのが香川のストーキング闇サイトだった。代理ストーキングを依頼し被害者を追い詰めていった。

「そして殺害をサイト内で募集、報酬は百万円です」

「たったそれだけ……？」

恵美が愕然《がくぜん》とした。もちろん金額の高い安いではないが、すこし働けば稼げるような金額で人の命が奪われたということが衝撃だった。

「では、久保田に関して報告を頼む」

こちらは捜査にあたった二課の佐藤《さとう》という刑事が報告した。

「久保田は当該事件の三日後に帰国していますが、自身の預金口座から相当額を引きだしているのが確認されました。本人を呼びだして聴取したところ友人に金を貸したと証言しましたので、だれかと問い詰めると飲み屋で知り合った男だと証言しております」

「なんだと？」

野田が呆れたような声を上げる。

「もちろん虚偽です。しかし我々もそれを立証することができません。そこで金を引きだした銀行周辺の他行およびコンビニエンスストアのＡＴＭをしらみつぶしに確認したところ、久保田が引きだした金をすぐに振り込みしているのが確認されました。ちなみに、振込先口座はトバシでした」

先ほどのサイバー捜査官がふたたび起立する。

「闇サイトの中に、トバシの口座を使う方法も紹介されていました。万が一追及されても、自分は詐欺《さぎ》の被害者だと主張できますので。さらに、その闇口座の売買まで行われています」

「ストーカーのための情報交換サイトが、犯罪の総合窓口のようになっているのか……おい、香川という男は何者なんだ。暴力団との関係があるのか？」

こんどは組織犯罪対策部の刑事が立ち上がった。

「いまのところ確認されていませんが、いずれかの暴力団があらたなシノギ先を求めて、こういったサイトから仕事を請け負っていた可能性はあります」

ふたたび佐藤。

「口座のもともとの所有者にも話を聞いています。小遣い稼ぎのつもりで軽い気持ちで売ってしまったようです。現在、だれにどういう経緯で売ったのか等についても追及しています」

恵美がそっと上半身を傾けた。

「田島さん、なんか怖いですね」

恵美の言葉に田島は頷いた。

事件にならずとも、このサイトの情報を元に多くのストーカー行為がなされているのではないか。明代のように、精神的に追い詰められている人が……。その裾野《すその》の広さを考えると、身震いするほどだった。

複数の犯罪組織が加担しているということになれば、そこにあらたな犯罪が生まれる。香川にその気があったかどうかはともかく、そのサイトは、犯罪を助長する巨大なエコシステムに発展してしまっていたのだ。

8

瞳を襲撃、そして香川を殺害した人物の写真は、コンビニやネットカフェ、各宿泊施設など東京を中心に送られていたが、さっそく新宿歌舞伎町《かぶきちょう》のカプセルホテルで似た男が宿泊していたとの連絡がはいった。

捜査員がすぐに駆けつけたが、すでにチェックアウトした後だった。

ここが勝負どころと捉えた野田は、まだ付近にいると踏み、多くの捜査員を投入したローラー作戦が決行され、田島と恵美も加わった。

時間はまだ九時前だ。開いている店も少ない。ネットカフェや喫茶店、ファストフード店を回っては客を確認していった。

田島がコンビニの店長に話を聞いていたときだった。外にいた恵美が自動ドアから顔を覗かせ、無線のイヤホンに指を当てながら言った。

「田島さん、見つかったそうです！」

店長に礼を言って田島も外に出る。

「ゴールデン街近くの公衆浴場です。応援を要請されています」

「行きましょう」

ここからさほど離れていない。田島と恵美は、靴音を重ねながら急行した。

公衆浴場といっても銭湯の類いではなく大型の施設だった。その受付のひとりがよく似た男を覚えており、捜査員立ち会いのもと、防犯カメラでも確認した。入店したのは二十分ほど前のことだった。

田島らのほかに三組の捜査員が到着しており、計八名。恵美を含めた二名を外に残し、六名で足を踏み入れた。

地下一階、地上三階の施設だった。平日昼前でも人は多い。館内着を着た、年齢も性別もさまざまな客たちがなにごとかとざわつくなか進み、目を光らせる。場所柄なのか朝まで仕事をしていたような人たちが多いように見える。中には危ない目つきをした輩《やから》もいて睨み合いになる刑事もいたが、いまは争っている場合ではない。

二階に更衣室、地階にはレストランやリラクゼーションルームがある。三名ずつに分かれることにした。田島らは更衣室に足を踏み入れたが、いない。ならば浴室か。

大浴場に進むと、いきなりスーツ姿の男たちが入ってきたことでざわめきが反響した。

ひとりひとりに目を光らせる。防犯カメラの映像と異なり、服を着ていない。印象は変わるはずだ。顔の特徴だけに集中する。

湿気《しっけ》がスーツの中に入り込み、不快に湿らせた。

「田島さん、あれ」

横に立つ刑事が奥を見据えたまま声をかけた。大風呂《おおぶろ》に浸《つ》かっているひとりの男。目立つのは、皆がなにごとかとこちらを見ているのに、ひとりだけ外《ほか》を見ている。目立たないようにとする意識が、余計に不自然に見せていた。

田島はそのまま残り、ほかのふたりは靴下を脱いで浴室を進んでいく。

「ちょっといいですか」

振り向いた顔、無理やり浮かべた笑み。

「なんでしょうか」

歳は四十代後半だろうか。声はしわがれていた。

「伺いたいことがあるのでよろしいですか」

服を着ろ、と促す。

「なんだかしらないけど、まぁ、いいけど」

のんびりとした動作で湯舟から出ると、傍らに置いていたタオルをつかむ。次の瞬間、なにかが破裂したかのような音がして、よろめいた刑事がもうひとりによりかかり、バランスを崩したうえに足を滑《すべ》らせて転倒した。濡《ぬ》れたタオルで顔面をなぎ払ったのだ。水分を含んだタオルを適度な速度で振り回せば、想像以上の衝撃を与えることができる。しかし所詮《しょせん》はタオルだ。怪我をするほどでもないのだが、予想外のことで戸惑った隙《すき》を突いて、こんどは唯一の出口に立つ田島に向かってきた。

身長は高くないが、がっちりとした体つきで、イノシシを連想させた。

またタオルを振りかざしてきた。

あれは凶器に入るのだろうか、入るならどこまでの反撃が許されるだろう。

田島はそんなことを冷静に考えていたが、体は勝手に反応し、入り口に置いてあった手桶《ておけ》をつかむと、思い切り顔面に叩きつけていた。

身柄《みがら》を確保された〝タオル男〟は、そのまま警視庁本部に連行され、いまは三階の留置施設にいる。

「どんな状況なんだ？」

捜査会議室に戻ってきた八木に聞いた。昼前に臨時の班長会議で招集されていたから、なにか聞いているだろうと思った。

「どうやら金のトラブルのようだ。香川から、佐々木瞳さんへのストーキングと襲撃の依頼を請け負ったが、金を払ってくれなかったために口論となって刺してしまったということだ」

「何者なんだ？」

「荏原浩二《えばらこうじ》、年齢は四十八、建設現場を転々としていたようだが現在は住所不定無職。犯罪歴はいまのところ確認されていない。詳しい経歴等は、このあと報告されるだろう」

やがて幹部たちが集まり、被疑者である荏原の供述内容が、理事官より伝えられた。

「荏原は五年ほど前に経営していた会社が倒産し、その後は日雇いの仕事で食いつなぎながら、簡易宿泊所を渡り歩く暮らしをしていた。先月、ネットカフェに泊まった際、手っ取り早く金が手に入る闇バイトの情報を調べていたところ、香川のサイトに行き当たった。そこで佐々木瞳さんのストーキングを請け負ったということだ」

野田が、ここが肝心だ、と目を光らせながら理事官を見る。

「殺害も、なんだな？」

「はい、香川から、被害者の行動をもとに作成された綿密な襲撃計画も伝えられたそうです。ほかの殺人事件とタイミングを合わせることで単独犯にみせかけるということもそのときに聞いたと供述しています」

「しかし襲撃は失敗したわけだが、それがどうして香川を？」

理事官は資料をめくり、間違いないと確認したかのように二度ほど頷いた。

「やはり金が原因です。危険を冒してまで実行したのだから金を払えと迫ったものの、香川は成功しなければ払わない、と突き放したことからカッとなり殺害に至ったようです」

「戸越と荒川の事件への関与は」

「否定しています。あくまでも三件目の未遂事件と四件目の殺人についてのみ自供しています」

思案顔の田島を見て、恵美が小声で聞いてきた。

「どうしたんです、なにか腑に落ちないことでも？」

「ええ、例の闇サイトですが……」

田島はここまで言って、質問したほうが早いと踏んだ。

「ひとつ聞いてもよろしいでしょうか」

野田が頷くのを見て起立する。

「例の闇サイトですが、四層構造で奥深くまでアクセスできるのはごく一部の人間だったと報告されています。それなのに、たまたま掲示板を見たという人物に殺害を任せるでしょうか」

「どうなんだ」

サイバー犯罪対策課の稲原を仰ぐ。

「そのとおりです。深いレベルになるほど秘密結社的な様相を呈しておりまして、彼らがお互いに信用できる人物しかアクセスができなかったと思われます」

聴取を担当した刑事が起立した。

「その件について、荏原は自分を売り込んだと言っています」

「売り込んだ？」

「どんな仕事でもやると掲示板に書き込んだところ、香川から連絡がきたそうです。そこで意気投合したと」

意気投合？

そんなに軽いノリで人の命をやりとりしていたかと思うと腹がたってくる。

「ともかく、これで二件目の殺害以外は道筋が見えてきたが……田島、お前ははじめからこの主婦の事件について違和感があると言っていたな？　その後はどうだ。ほかにわかったことはあるか」

「若い男と会っているところ、といいますか、追いすがるところが目撃されていますが、まだ詳細はわかっておりません」

「被害者が男をか？　パート先と家を往復するだけの毎日ということだったが」

「相手が何者で、どんな事情があったのかは不明です」

「追いかけられたことにより、逆に殺された……？」

野田自身も首をかしげた。

「その男の人相はわかっているのか？」

「いえ、現在判明しているのは、年齢三十代後半から四十代なかばで、茶色のPコートを着用していた男性ということだけです。いずれにしろ、平凡な主婦になにかが起こったのだとするなら、その男が知っているはずです。この男を探します」

聡美が男に追いすがる姿が目撃された時間を基準に、周辺の防犯カメラをくまなく当たっていた。朝から作業にあたっていて、文字どおり、血眼になりながらもPコートの男を探していた。

夜になり、背中合わせに座っていた木場が声をあげた。

「田島さん、これじゃないですかね?」

振り向くと、木場がモニターに指を置いた。

蒲田の六郷商店街にある電器店内に置かれた監視カメラ映像だった。ショーウインドウの内側から、通りの向こう側を歩く男を写している。

時間的には、追いすがる聡美を振り切った五分後になる。解像度は高くないが、着ているのは茶色のPコートだった。

「ということは」

田島は住宅地図を広げ、指でなぞっていく。

「パチンコ店を出たあと、ここの角を曲がって電器店ということは……このあたりの監視カメラは?」

男の進行方向を示した。

「ありませんでした。もうすこし進んで環状八号線に出るあたりまでいけばカメラがあるのですが」

すでに調べていたようだ。

「この男は写っていない?」

「そうなのです。電器店から環八までの約二百メートルほどのあいだに消えたことになります。このあたりに住んでいるということでしょうか」

「どうかな。いまはほかにもカメラがないか探すのと同時に、地取りであらたな情報が出てくるのを待つしかないだろうな」

突然、パソコンを引き寄せた恵美が叫んだ。

「これ!」

「なんです」

「手、です。手」

「手?」

見るが、とくに変わったところはない。

恵美は画像を拡大していく。それによって解像度が粗くなってしまい、田島的にはますますわからない。

「よーく見てください。グーです」

「は？」

恵美はディスプレイの上に指をおいて、大きく円を描く。

「ここ、グー。握ってるんですよ」

どうやら右手を握っていると言いたいようだ。

「それ……が？　たしかに普通は指を開くかもしれませんが、握って歩く人もいるでしょう？」

「ところがギッチョン」

ギ……？　帰国子女がどこでそんな言葉を覚えたのか。

「左手に注目」

映像を等倍表示に戻して再生させる。左手は開いていた。

「つまり、右手にはなにかを持っていて、それは手のひらに収まるくらいのもの……」

「です！」

「それはなんです？」

「わかりませんよ、見えないんだから」

恵美は当たり前のことを言うなと胸を張る。

恵美といっしょに仕事をするようになって思ったのは、彼女は観察力や直感が鋭い人物であるということだ。反面、洞察力は乏《とぼ》しいともいえる。

今年の二月、元自衛官によるテロを防げたのも、要所要所での恵美のひらめきによることもあった。

さて、ではこれをどう解釈するか。

見る限り、そんなに大きなものではない。しかしわざわざ手に持っているということは、近い将来にそれを使う用事があるからと考えたほうがいいかもしれない。

地図をなぞる指が止まった。

「鍵か？」

「鍵って、車？」

「そう。この先のカメラに男が写っていなかったことの理由にもなる」

「なるほど、じゃあコインパーキングでもあるんですかね。でも、もしそうなら、カメラがあるはず……あれ？　木場くん、この辺は調べたって言ってたよね？」

木場はなにかを見逃しただろうかと首を捻った。

「ええ。カメラはなかったと思ったのですが……。もう一度調べます」

「たのんだわよ、木場くん！」

先輩に対してなんという口のきき方。木場も笑ってはいるが、内心どう思っているのか。酒でも飲みながら聞いてみたい。

木場は一時間ほどで戻ってきた。

「田島さん、わかりました。やはり駐車場があったんですが、監視カメラが設置されていませんでした」

「そんなところがあるの？」

横からサンドイッチをくわえた恵美が割り込んできた。

「どうやら、新しいマンションの建設がはじまるまでのあいだ、一時的に時間貸し駐車場にしているようで、舗装もされていません。利用者は駐車時に駐車券を購入し、ダッシュボードに置いておく、という方式だそうです。設置の手間がかからないので、最近見るようになったスタイルのようですね」

「でも、車を特定できないならどこに行ったかわからないじゃない」

恵美の意見に頷きながら、木場はパソコンを操作する。

「駐車場に面した目の前の道は一方通行で、環八につながっていますが、ここにカメラがあります。このあとすぐに発車したとして五分。念のため十分間で考えると、通過車両は七台です。ただ、このアングルではナンバーは写っていません」

「それをぜんぶ追うのは大変よね」

「通過した車を見せて」

田島は映像を見て何度か頷いた。車種とその年式までわかりそうだったからだ。

「鍵を手にしているのなら、スマートキーの対応車ではない可能性があるな」

恵美が人差し指を立てた。

「そっか。スマートキー対応車は鍵を身につけてさえいれば取りだす必要はないものね。鑑識に連絡して調べてもらおう。木場くん、よろしく！」


夕方六時を過ぎ、定例の捜査会議がはじまるとすぐに、久保田の聴取を担当している刑事が報告した。

「連日、任意で聴取しておりましたが、加藤育子さん殺害について自供をはじめました」

その一報に捜査本部は静かに沸いた。

「ストーカー行為をやめたものの、病院内で彼女が別の男と話しているだけで気が狂いそうになり、香川の闇サイトから代理ストーキングの依頼をしたそうです」

「それがどうして殺意につながったんだ」

「本人のいうところでは、ネット上での話であったため、現実感を喪失していたようです。何気なく言ったことが大きくなり、周りがお膳立《ぜんだ》てをし、襲撃を請け負う者まであらわれた。途中でやめたくてもストーキングを専門に扱う闇サイトからは逃げようがない。それであとに引けなかったと言っています」

自ら闇に飛び込んでおきながら、その闇に追われることを恐れ、自我を失ってしまったのか。こんなことで命を奪われた被害者のことを思うと、田島は息苦しさを感じた。

「襲撃を請け負ったのは何者だ？」

「久保田本人は会っていないそうです。闇サイトが依頼者と襲撃者をマッチングさせる機能を果たしていたことになりますが、そのやりとりではかならずしも直接会う必要はなかったようです。こういった仕組みが、より暴走しやすい状況を生みだしていたと考えられます」

解決に向かって一歩踏みだした実感を得ながらも、心は沈んだ。それは田島だけでなく、ここにいる刑事がみな同じ思いなのは、だれひとり口を開かなかったことで感じることができた。

まるでネットショップで買い物をするように、遠く離れた場所からだれかの精神を追い詰め、そして命を奪う。知らない者同士を結びつけるのは金か、好奇心か、それとも闇を抱える共通意識なのか。

そして、その様子をみて楽しんでいる者たちもいる。その者たちは、さらに罪の意識はないだろう。ローマ帝政期のコロッセオのように、ひとが恐怖におののくのを見て楽しみ、互いに命を奪えとけしかける。

この事件が終わったとしても、そんなことが簡単にできる世の中になってしまっていることへの不安が、鉛のような雨を心の中に降らせていたのだ。

野田は腕組みをしたまま、そんな会議室内を見渡していた。そして事務的といえばそれまでだが、いつもとかわらず感情を出さずに、極めて明確な指示を出した。

「それぞれが与えられた為すべきことを、誇りと責任を持って遂行してほしい。明日、それを持ち寄ろう。そして、我々は組織力で悪を圧倒する」

9

真横から差し込む朝日が、机にオレンジ色の縞《しま》模様を作っていた。

上田聡美が蒲田ですがっていた男の行方を追う。これが鍵になると考えた田島は徹夜で防犯カメラ映像の解析にあたっていた。

駐車場から環八通りに抜けた車両のうち、スマートキー対応車を除外した三台について、周辺幹線道路や商店の防犯カメラ、Nシステムの情報をかき集めて追跡した。

なにしろ顔がはっきりとわかっていないため、運転席内が見えるアングルの映像があれば、Pコートの有無を確認した。

そして夜明け前、ついに〝若い男〟を発見することができた。助手席に折りたたまれた茶色のコート。その車のナンバーを照会し、所有者を特定した。

恵美は一時間ほど前から、部屋の片隅に置かれたソファーの上で丸くなっている。木場は先ほど朝食の買い出しに出かけていた。

田島は大きく伸びをしながら窓際に立つと、ブラインドを押し広げ、早朝の東京に目を細めた。

さまざまな街角の様子を、十五インチディスプレイという窓から覗きつづけて悲鳴をあげた眼球を、しばらくのあいだ解放してやった。

皇居の濠には、朝日で暖められた靄《もや》がうっすらとかかっている。空はオレンジと群青《ぐんじょう》色のグラデーションで、雲ははるか遠くの低いところにあるだけだった。

「お疲れさまです」

木場がコンビニの袋を抱えて戻ってきた。

ホットコーヒーの香りに誘われるように、恵美がもっそりと体を起こすと、寝ぼけ眼をふたりに向けた。

「もう行くの？」

田島は苦笑する木場と顔を見合わせた。

「まだ行きませんよ。いまのうち休んでおいてください」

それでも恵美は立ち上がると大きく伸びをし、コンビニ袋の中を物色しはじめた。そこからドーナツをつかみだし、コーヒーで流し込むと一気にエンジンがかかったようだ。

「さぁ、今日は任意同行日和だわ」

しかし寝不足もあってか、妙なテンションだ。

「まだそこまでの話ではありませんよ。ちょっと話を聞くだけ」

田島はそう言って、徹夜の成果でもある一枚の紙を手に取った。

「角野裕二《かどのゆうじ》。三十九歳、渋谷区代々木五丁目在住の企業コンサルタント、か」

蒲田で聡美がすがりついていた男だ。

「でも、またぜんぜん違う世界のひとですね」

パンをかじりながら木場が言う。

「そうだな。この男と被害者の接点が重要だね。どこでどうつながったのか」

恵美が田島が手にする資料を覗き込んだ。運転免許証の顔写真を見ている。やや肉付きのよい頬をした、普通のサラリーマン然としている。ただ、現免許証の交付が五年前だったので、いまでは人相が変わっている可能性もある。

恵美が三つ目のドーナツを喉に送り込みながら言った。

「やっぱり年甲斐《としがい》もなく追いかけちゃったんでしょうかね。不安な生活環境から、ストーカーになっちゃったのかなぁ。ホストクラブにはまる人も多いみたいですし。そして、めんどくさくなったこの男に殺された」

「ちょっとちょっと、飛躍しすぎですよ。まずは話を聞きに行きましょう」

田島は時計に目をやった。

「一時間後に出ます。私はシャワーを浴びてきます」

袖机の一番下の引き出しから着替えを取りだす。つねに三セット分ストックしてある。

シャワールームに行こうとしたとき、木場が立ち上がった。

「田島さん、僕もいっしょに行ってもいいですか」

え、シャワーに……？

「やだあ……木場くんってそうなの……？」

恵美がつぶやいて、木場は顔を真っ赤にしながら声をあげた。

「ち、違いますよ！　か、角野の聴取のことです！」

LGBT（性的少数者）を尊重するという講習を先日受けたばかりだったので、すこしばかり動揺したが気を取り直した。

「自分の担当なんだから、いちいち断る必要はない。自分のやりたいようにやればいいさ」

「しかし、突き止めたのは田島さんですし」

「ううん、あたしよ。でも気にしないでついてきていいわよ」ここで恵美は、自分は良き理解者なのだとばかりに柔らかい笑みを浮かべた。「あとね、木場くんがどうであれ、あたしは応援するわよ」

田島は苦笑する木場を見てやさしい男だなと思う反面、心配にもなった。


朝八時。角野のマンションが視界に入った、出勤するところだったのか、本人がちょうどロビーから出てきたのが見えた。そのまま隣接する駐車場に足を向けている。右手は『グー』だった。

田島は小走りに距離を詰め、車のドアを開けようとしていたところで声をかけた。

「おはようございます。角野さん、ちょっとお話をよろしいでしょうか」

周囲を見渡しながら、警察手帳を見せる。

角野はよく整えられた眉を寄せせた。年齢は三十九歳とのことだったが、それよりも若く見える。メンズエステなどに通っているのかもしれない。

「まぁ、手短にお願いできるなら」

ならば、と田島は木場に目で合図し、立ち位置を入れ替えた。角野は就活生のような雰囲気を持つ木場を値踏みするような目で見ていたが、木場は落ち着いた態度で胸ポケットから上田聡美の写真を取りだすと、角野が見えるように掲げた。

「こちらの女性をご存じではありませんか」

「いえ、知りませんが」

「蒲田のパチンコ店の前で言い争っているところを目撃したという証言があるのですが」

「ええ?」

角野は改めて写真を覗き込む。と、わざとらしく、ああ、と声を上げた。

「あのおばちゃんか。参ったよ」

「どういうご関係でしょう?」

「いやぁ、俺はこの人の旦那と知り合いだったんだけどさ、ある日、中国女を紹介したのよ。そしたらふたりは意気投合しちゃってね。このひとと離婚して再婚したってわけ」

角野はよくある話だと笑った。

「この人は旦那が忘れられなかったのかねぇ、私のところに居場所を知らないかって訪ねてきたわけ。それがしつこくてさ」

わずかに首を回して田島を窺った木場に頷き返すと、木場は続けた。

「では、この方が亡くなったことはご存じですか?」

角野は大きく見開いた目で木場を飲み込むように見た後、田島と恵美それぞれに約一秒ずつ、冷めた視線を置いた。どうふるまえばいいのか熟考しているようにも見えた。

こういう場合の反応は、事件に関わっているかどうかを見極めるうえで重要なヒントになる。

さあ、どう出る？

田島は注目した。

「え、死んじゃったの？　え、ちょっと待って。まさか俺を疑っているわけ？」

角野は驚きから不安の表情に変化させた。

それを見て、事件への関与はともかく嘘に慣れた人物という印象を受けた。

「現在、関係のあった方々からお話を聞いている段階です」

田島は一歩前に出る。角野はもう一度、三人の刑事たちに目を配った。頭の中では、だれが捜査を主導しているのか、どこまで知っているのか、それぞれの役割はなんだ、と計算しているようだった。

その角野の表情に視線を固定したまま、田島は口を開いた。

「それで、教えたんですか？」

「なにをですか？」

「ご主人の居場所」

「いやいや、私も知らないもんで」

相手の反応は羅針盤のようなものだ。

角野は木場に対するときと口調を変えている。田島と、田島が口にする言葉を警戒しているように思えた。つまり、聞かれたくないエリアの話に向かっている。

「でもお知り合いなんでしょ？」

「いやいや、知り合いっていっても、飲み屋で会っただけなので」

「では中国人女性のほうとはどのようなご関係ですか」

「関係もなにも、バーで会った女ですよ。私は仕事で中国に行くことがよくあるもので、ちょっと話をしてたくらい。でも最近は連絡を取ってないので」

「飲み屋でばっかり会うんですね」

恵美が嘘を見抜いたような声で言い、角野はあらたな敵の出現に身構えた。

角野は、それについて答えることなく、恵美を横にらみしていた。その視線を田島は引き戻す。

「離婚については、なにか聞かれていますか？」

もうそろそろいいか、という態度を見せる。

「知りません。まぁ、ひとそれぞれ、人生はいろいろあるんでしょう。じゃ、本当に急いでるんで」

角野は逃げるように運転席に乗り込んだ。田島はそのドアに手を添え、声を投げ入れる。

「先週の火曜日の深夜零時頃。どこにいらっしゃいましたか」

「なんだよ、それ」

いままで隠していた凶相が、透けて見えるような、そんな目をしていた。

「上田聡美さんが殺された時間です」

しばらく無言で田島を見返していた。その顔から感情は読み取れなかった。おそらく頭の中でさまざまな思考が入り乱れていたのだろう。

どう答えるべきか、チェスのように何十手も先の動きを読み切るようだったが、しばらくして不意に破顔した。

「家にいましたよ。独身なので、残念ながら私ひとりでしたけど。逮捕しますか？」

「いえいえ。時間が時間ですから、ひとりで家にいるのはとても普通のことです」

「ですよねー。それじゃ、失礼します」

角野はドアを取り返すかのような勢いで閉めると、すこしでも距離を取ってしまおうと車を急発進させた。ふかしたエンジンは、怒りを示しているようだった。

遠ざかる車を見ながら言う。

「なんかカンジ悪いですね。あの人、やっぱり犯人ですよね」

「そんなことをなんの根拠もなく言うものではありませんよ」

「刑事の勘ってやつです」

「刑事の勘は都市伝説です。そんなものありません」

「えー、田島さんだっていつも当てずっぽうを言うじゃないですか」

「言いません。私の場合は根拠があります」

「じゃあ、あの男、どう思います？」

「まだわかりませんよ。ただ……もっと調べる必要はあると思います」

「それって、やっぱり勘では？」

田島は目頭をつまんでから恵美に向き直ると、ちょうどVサインをするように指を二本立てて見せた。

「根拠はふたつです。まず、角野は聡美さんが訪ねてきてしつこかったと言っていましたが、それは蒲田での話です。角野は渋谷区在住。むしろ角野のほうが蒲田に行ったような印象なのに」

「たしかに」

「それと、上田智久さんとは知り合いだった、と言いました。『だった』です」

「いまは違う的な？」

「そう。『この先、会うことがないとわかっている』というようにも取れます」

恵美がこの世で見たくないものを見てしまったとばかりに眉を寄せた。

「え、なんか怖い。元夫の身になにかが起こって、聡美さんはそれがあって〝貫一お宮〟のように角野に追いすがった……？　いったいなにが起こっているんですか」

「それがわからないんです。しかし、この事件は、ただの連続殺人ではない」

「だから代理ストーカー殺人ですよね。十分、衝撃的ですけど」

田島は首を横に振った。

「それも、見方を変える必要があるかもしれません」

恵美と木場が顔を見合わせた。

「それってどういうことです？　闇サイトを暴いて隠されていた真相を突き止めたじゃないですか」

「ええ。しかし、それは私たちが思っていたようなことではないのかもしれない。いまはまだ漠然とした印象しかありません。ただ、二件目の事件がすべてをひっくり返してしまう鍵のような気がするんです」

得体の知れないなにかが事件の背後にある。

不意に、これまでの暖冬の帳尻《ちょうじり》を合わせるかのような冷たい風が吹き抜けて、田島は襟元を合わせた。


本庁に戻った田島らは、まず智久の所在を探すことにした。

木場が、眉間に深い皺を刻みながら書類を精査し、田島に手渡した。

「上田智久さんが被害者の聡美さんと離婚したのが今年の八月下旬。そして翌九月には中国籍の女性と再婚をしています。そのすぐ後に中国へ出国しています」

「渡航時に申告されていた連絡先は？」

「まったく通じません」

調べようがない、というふうに頭を抱えた。

「再婚相手のほうはどうだろうか」

「現在、現地の日本大使館に協力を要請していますが、回答はいつになるか担当者にもわからないとのことでした」

なかなか一筋縄ではいかないようだ。

「どうします？　田島さん」

情報だ、情報がいる。

まるで餓《う》えた野生動物の思いだった。

「なにが起こっているのか整理したい。木場は引き続き角野を調べてくれ。私は闇サイトを見直す。まだすべてのピースがはまらない」

あたりを見渡す。

「ところで毛利さんの姿が見えないようだが？」

本庁に戻るまではいっしょだったのに、いつの間にかいなくなっていた。

木場が声を潜めた。

「事情はよくわからないのですが、さっき管理官に呼ばれて、そのまま連れていかれました」

「管理官？　それってどこの？」

「西村さんです」

「どうしてまた？」

「毛利さん、捜査会議で暴れちゃいましたからね……。上から睨まれたんじゃないでしょうか。捜査の先が見えないうちは見逃してもらっていたのかもしれませんけど……」

田島は頭を抱えた。

捜査本部は、代理ストーカー殺人という謎を解いて、ひと山越えたような雰囲気になっている。そこで改めて恵美の言動を問題視しはじめたのかもしれない。

指導係である田島も責任を感じないわけではなかったが、正直、不可抗力だという気もする。

いずれにしろ、処分はもうすこし待ってほしい。まだ、山は越えてなどいないのだから。

田島はサイバー犯罪対策課に連絡し、香川のコンピューターから吸い上げられた闇サイトのデータを取り寄せると精査をしはじめた。

すると、田島の肩越しに覗き込む人影が画面に反射しているのに気づいた。恵美だった。

「これ、闇サイトのログですか？」

「ええ、サイトの中で交わされた会話の記録です。というか、大丈夫ですか？」

「なにがです？」

「管理官から呼び出しを受けたと聞きましたけど」

恵美は、ああ、と言いながら視線を斜め上に移動させた。

「べつに、なんてことないです。このヤマが落ち着いたら、また話すことになりましたんで」

執行猶予か。

「そのときは私も話しますよ」

やはり、指導係としての責任からは逃れられない。

それなのに、恵美は手を大きく振った。

「やめてくださいよ。話がややこしくなるから」

心外だった。恵美だけのほうが、どう考えても火に油を注ぐ結果になりそうだ。

「それに、あたしのしたことですから、責任は自分にありますんで」

ひょっとして、恵美はひとりで責任を抱え込むつもりなのだろうか。

以前、自分が警察に身を置いているのは罰だと言ったが、それを終わりにしようとしている……？

真意を探りたくて、恵美の表情をしばらく観察したが、それを嫌ってか恵美が手を叩いた。

「はいはいはい。仕事しますよ、仕事。で、なにを調べるんです？」

田島は左眉をピクリと上げ、とりあえず捜査に戻ることにした。

「このネットの住人たちが、どこで道を踏み外したのかをみつけたいのです」

闇サイトには、ネットだからなのか、過激なコメントが溢れていた。事件化していないストーキングの報告を得意げにするスレッドがあり、その内容によって金銭が支払われている。さらに特定の人間だけが入れる下層では、さらに物騒なやりとりが記録されていた。

つぶさに見ていくと、机上のものだった完全犯罪計画が現実になっていく狂気が渦巻いていた。

嫌悪の感情を抑揚に乗せた恵美が言う。

「このサイトに参加した時点で、こいつら道を踏み外していませんか」

田島は頷いた。

「もちろんそのとおりなのですが、殺人というのは、犯罪のなかでもやはり大きな壁だと思うのです。このサイトの特徴は、ストーキングしたいけどできないという、ある種の〝共感〟を持つ者たちが集まり、ギブアンドテイクでストーカー行為をしていたという点です。しかし殺人というのは異質の犯罪です。その禁断のステージに至るにはなにかきっかけがあったのではないかと」

「でもストーカーからみたら、本人の中ではストーキング対象の殺害は、自分の所有物にする一本の道筋になっているって渋谷先生も言っていましたよね」

「ええ、ただここで行われているのは代理ストーキング・代理殺人です。執着心を持たない、まったく知らない人を殺害することに対しては別次元のはずです。殺人者にとっては『相手を殺害することで自分の所有物とする』その行動心理が当てはまりません」

「たしかに。でも荏原のように金が目当てであれば、相手がだれでも関係ないはず」

田島はメガネのブリッジを押し上げた人差し指を、恵美に向ける。

「そこです。言ってみれば、小さな閉じた輪の中で活動していたのに、突然〝外部〟の人間が入り込んでいる。このきっかけを知りたいのです」

「……でも、それでなにがわかるんですか」

もたれかかった椅子が、抗議の声を上げるように軋《きし》んだ。

「きっかけというのは、化学反応のようなものです。なんとなく人を殺したりはしない。なにが狂気へ駆り立てたのか。きっかけ、つまり出発点からしか全体のつながりが見えない気がするんです」

恵美が細めた目から鋭い視線を飛ばしてくる。

「田島さんが言っているのは上田聡美さんのことですよね。思えば田島さんはずっと聡美さんを気にしていましたね。〝異質〟だと」

「ええ。彼女の殺人だけ、なにかが違う。上田聡美さん。彼女の存在そのものが、私の感じている矛盾です」

恵美は手のひらを上にして肩をすくめた。

「ま、こうなったらとことんつき合いますよ。データを半分回してください」

田島は片眉《かたまゆ》を上げると、親指を立てて見せた。


それから無言の時間がしばらく過ぎた。

会話がなかったのは、手がかりをみつけるために集中していたということもあるが、その息苦しくなるような内容に吐き気《はけ》すら覚えていたこともある。胃の裏側あたりが重くるしく、口の中も酸っぱかった。

そのため、恵美が田島の名を呼んでいたのに気づくのが遅れた。

「あ、はい。すいません。なんです?」

「このサイトを立ち上げたのって、香川なんですよね?」

「そうですけど、なにか?」

田島は机を回り込んで、恵美の背後からディスプレイを覗き込んだ。

「ま、ここがちょっと気になっただけなんですけど」

指をさした部分を黙読した田島は息を飲んだ。

——やるならまとめて行動を起こしたほうがいい。無関係な者で実行すれば、警察は連続殺人鬼だと思うだろう。

——ストーカーの我々はアリバイをつくっておけば絶対に疑われない。

——皆が連携すれば簡単に完全犯罪ができあがる。

たしかに、この言葉をきっかけとして、周囲を巻き込んでいったように見える。絵空事だった代理殺人計画が、専門的な知見が加わり現実のものになっていく。

「香川は、こうやって一連の計画を実行していったようなのですが……これって香川なのかな」

「どういうことです？」

「このコメント、ＩＰアドレスが香川のものと違ったので。ほら、こういうのって、安全なデバイスがあったらそれを使いたくなるじゃないですか。ＩＰアドレスの偽装までやる連中ですから、用心すると思うんですよね」

田島は頷いて先を促した。

「でも、これは違う。けっこうな頻度で出現していますす。コンピューターを乗り換えたのかと思いきや、昔からのＩＰアドレスもある」

「状況によって使い分けたのでは？　あるときはパソコン、またあるときはスマートフォンからという具合に。ほら、明代さんも証言していたじゃないですか。香川とレストランで待ち合わせしていたときに、スマホでなにかのサイトを見ていて、うっかり覗いたら睨まれたって」

「そうなんですけど……」

どこか煮え切らない表情で頬を膨らませた。

「じゃぁ、毛利さんはなにが起こっていると思うんです？」

「リーダー的な人物がふたりいるのかな……」

田島はもう一度俯瞰した。たしかに、むしろ、香川のほうが乗せられているような気がした。

「ということは、香川は主導したわけではなく、こういった土壌をつくっていただけで、殺害の依頼については自分も乗せられたということか……ありえますね」

「そう、ミイラ取りがミイラになるみたいな」

「ちょっと喩《たと》えが違うような」

「じゃぁ、火中の栗《くり》を拾う。それか、自縄自縛」

「言葉はともかく、代理ストーキングというコンセプトは香川のものですが、代理殺人については、主導権は香川というより、この謎の人物にあったということですね」

恵美が指摘した名無しの投稿を指し示した。

「このあと、あちこちから噴出する完全犯罪計画のアイディアをまとめて、参加者をその気にさせているように見えますね。犯罪者というより、かなりやり手のビジネスマンみたい」

そのイニシアチブにより、妄想話は徐々にかたちになり、時間を追うごとに具体的になっていく。

――凶器は同じタイプで。入手が簡単な包丁、出刃よりも牛刀のほうが良い。

――狙うのは胸骨の下あたり。可能であれば一回で。複数回であっても三回までに制限。それ以上になると怨恨を疑われる。

――返り血を浴びてもわからないように、黒のスウェット。ランニングを装って逃走する。そのルートは、仲間によって事前に徹底的に調査する。

そのほか、場所やタイミング、同一犯に思わせるために犯行現場に同じアイテムを残すことなどが決まっていく。

「なんだか、ここまで決まってくると、殺人に対する精神的なハードルが下がっていくように思えますね……」

まさにそうだった。人を殺《あや》めるということについて、金だけでは動けない。しかし自分の身の安全が保たれるなら、一歩を踏みだしてしまう人間がいてもおかしくはない。

瞳を襲い、香川を殺害した荏原のように。

謎の扇動者。恵美はやり手のビジネスマンと言ったが、それも言い得ているようにも思えた。

計画をまとめ、集団心理を煽る。サイトに集う者たちを、裏で操る人物……？

「田島さん、これがきっかけだったとしたら、なにが見えるんです？」

しばらく悩んでみたが、我ながら納得できるような考えは浮かんでこなかった。まだ絵を描くだけの材料が集まっていないのだろう。

考え込みながら自席に戻ると、木場が待ち構えていたように駆け寄ってきた。

「田島さん、智久の再婚相手について情報が入りました。ロミー・カオ。漢字はちょっと説明できませんが。中国の富裕層の女性で、年齢は三十二歳。現地では有名な企業の令嬢だそうです」

「それがなんだって町工場を潰した社長と知り合うんだ。取引があったとしても、経済的な格差がありすぎるだろう。それに歳も離れている」

「あいつの話、やっぱり嘘ですね」恵美は角野のことを言っている。「ニュアンスとしては飲み屋で紹介したというかんじで話していましたけどね」

木場が続ける。

「それともうひとつ。このひとは智久と結婚後に臓器移植手術を受けています」

「ん？　それって」

「腎臓《じんぞう》移植。智久からです」

勇み足になろうとする自分の手綱を引きながら、田島は注意深く思考を組み立てた。

「借金、生活の破綻《はたん》、経済的格差を越えた結婚、臓器移植……。そして智久はそのまま行方不明」

「なんか嫌な予感がしますね」

恵美は、定規で引いたような細い目になった。

聡美は健康診断の際に、臓器移植について知りたがっていたという。それが智久のことだったとするなら、考えられるのは――。

「はじめから臓器移植をするための偽装結婚だったということか？」

「ありえると思います」木場が力を入れて頷いた。

「暴力団が中国の闇医者と協力して臓器密売を行ったとして摘発されたことが、実際、過去にありましたよね」

自席で書類整理にあたっていた八木が、聞き捨てならないと割って入ってきた。

「おいおい、それが連続ストーカー殺人と関係があるのか？」

これ以上、勝手なことを調べはじめるなと釘《くぎ》を刺すかのようだった。

田島は八木の隣に座り、説得するように話しかけた。

「まだつながらない。ただ、事件現場に同じような痕跡を残していたのは、なにかを隠したいからだと思う」

「それは単独犯に見せたかったからなんだろ？」

「そうなんだが、それがすべてじゃない。犯人は、平凡な主婦である聡美さんを脅威に感じていたんだ」

木場が理解を確かめるように復唱した。

「用意周到な計画のもとに殺害されていたのは、連続ストーカー殺人の一環であると思わせたかったからで、真の目的は違うということですか。連続殺人という大きな流れの中で聡美さんを殺害することによって、捜査の目を逸らしたかった……？」

「そう考えたら、聡美さんの状況がほかと異なっていることに納得ができる」

木場が声をおさえめに言った。

「しかし管理官が納得するでしょうか」

「いまは一本の細い線だ。まだまだ束ねていかなければならない情報が必要だ。ただ、参事官には私から話を通しておくよ」

意気が上がる部下たちを前に、八木は無言の抗議を示すように強く深いため息をついた。しかし冷水を浴びせるような言葉を発することもなかった。それが八木なりのエールであることを知っている田島は、決意を新たにした。

だれもいない喫煙室。原田が紫煙を燻《くゆ》らせた。

「田島。お前、あいかわらず本筋とは違う道を行っているみたいだな」

「参事官がそう仕向けているように思えてなりません。そのたび、どんどん嫌われ者になっていくようですよ」

原田は笑ってみせたが、目だけは違った。

「それで、話というのは？」

「捜査本部ですが、今後は他部署からの応援を加え、総力戦で望むべきです」

「いきなりなんだ。もう大半のストーカー犯罪は追及できているだろう。お前が『代理ストーカー殺人』を暴いてくれた」

田島は首を振る。

「いえ、その中にストーカーとは関係のない殺人が混ざっています」

田島はかねてからの推理を話した。話が進むごとに原田の眼光は鋭くなっていった。やがてタバコを乱暴にもみ消すと、すぐに二本目に火をつけた。

「おい待て、臓器密売だと？」

「被害者の聡美さんは、そのルートの一端を知ってしまったのではないでしょうか。そのために殺された」

「それなら、犯人は連続殺人が起こることをあらかじめ知っていたことになるが？」

原田はタバコを挟んだ指を田島に向け、矛盾を突く検事のような声で言った。

「はい。しかしそれが可能だったのです。ストーカーの闇サイトに潜り込んでいたので。代理ストーカー殺人を単独犯にみせかけようとする計画を知った犯人は、そのなかに聡美さんを組み入れたのです」

原田は苛立《いらだ》ったように、まだ半分ほど吸っただけのタバコをもみ消し、そしてすぐにまたタバコをくわえた。

その苛立ちは田島に対してのものではなく、むしろ『先が見えない』ということが見えてしまったからかもしれなかった。

「臓器密売っていうが、確証はあるのか」

ライターの火をつけたが、タバコに燃え移らない距離で止めて、答えを待っている。

「いえ、状況から判断しているだけです」

タバコの先にライターの火が吸い込まれ、呆れた様子の声とタバコの煙がいっしょに吐きだされた。

原田はしばらく虚空に視点を置いて、三度、四度と煙を吐いた。そしてようやく田島に焦点を合わせた。

「わかった。お前はとことんやってみろ」

「ありがとうございます」

余計な言葉などいらない。一礼して背を向けたときだった。

「なぁ、田島」どこか、寂しそうな声でもあった。

「もし、お前の考えが正しかったら……」

いまにも崩れ落ちそうな長い灰をタバコの先にくっつけたまま言った。

「なんかよ、お前が真相に近づくにつれ、悲しくなっちまうな」

そこには大義名分はない。知らない者同士がエゴと金でつながり、連携して人を殺すのだ。そう考えると、この複雑な感情を言いあらわす最も適切な言葉は、たしかに『悲しい』なのかもしれなかった。


田島はその言葉には応えず、頭を下げて喫煙室を出た。


まさに総力戦だった。

原田の旗振りでほかの捜査課からの応援が増員されると、角野についての情報が集まりはじめた。さまざまな角度で、追い詰めていく。

まずは、二課の佐藤刑事が報告する。

「角野のコンサルタント会社に、顧問料の名目でとあるビジネスホテルから入金がありますが、ここの支配人はかつて羽戸《はと》組の組長と関係があったとされる人物です」

野田は手にした赤ペンを佐藤に向けた。

「つまり、そのホテルを経由することで金の出所をごまかしているということか?」

「はい。また一件目の看護師殺害について、久保田が金を振り込んだ口座から金を引きだした人物が判明しました。都内の女子高校生です」

手元に資料が回ってきた。ATMのカメラで撮影されたもので、キャップを目深に被っている。ジャケットを羽織り、男にみせかけているのかもしれないが、かえって顔の輪郭が露《あら》わになっていた。

「そちらの写真を画像検索したところ、SNSなどの写真投稿サイトでヒットしました。キャップやアクセサリ、スマートフォンなどは私物だったようで、その投稿写真にも写り込んでいました。所轄署の生活安全課の職員が話を聞いたところ、軽いバイト感覚で金の受け渡しを行ったことを認めました」

「出し子か？」

「そのとおりです。このリクルーターについては生安部がデータを持っていました」

リクルーターとは、特殊詐欺において「掛け子」「受け子」「出し子」といった役割を行う者を勧誘し、詐欺グループに斡旋《あっせん》する、いわば詐欺要員の派遣業者だ。高校の後輩やバイト先の友人など近い関係者から声をかけるが、孫請け、ひ孫請けと、複雑で裾野の広い組織を形成することもある。

生活安全部の主任が起立し、話を引き継いだ。

「このリクルーターが属しているのは、もともと大宮に拠点を置いていた半グレ集団ですが、最近、池袋のグループが摘発にあってから、入れ替わるように進出してきています。その際に、羽戸組のバックアップを受けたと思われます」

バトンリレーのように、ここからは組対《そたい》の刑事が説明する。

「このグループに、羽戸組から〝出向〟している人物も多く確認されています」

基本的には、半グレ集団は縛られることを嫌うため暴力団と距離を置くケースが多い。しかし暴対法で縛られて身動きがとれない暴力団組織が地下に潜って活動するために、半グレ化、または半グレ集団と手を結ぶケースも報告されている。今回の場合は、互いの思惑が一致したといえるかもしれない。

「この半グレ集団のトップが角野と会っているのが確認されました」

正面のスクリーンに写真が映しだされた。

池袋の西口のコインパーキング、角野の車の助手席に男が写っている。

「首筋にタトゥーの端が見えるのがわかりますでしょうか」

おそらく肩から胸にかけて彫られているであろう、トライバル模様の端が襟首から覗いていた。

「こいつがトップの小椋《おぐら》です。このことから、角野は半グレ集団および羽戸組とつながっていることになります。見方を変えれば、双方をつなぐ存在といえます」

戸越銀座に端を発した今回の事件は、それが氷山の一角で、海面の下には組織めいたものがあった。通り魔殺人から、代理ストーキング組織、殺人の請負とつながり、ここにきて半グレ集団に暴力団。

野田は、慎重に声を絞りだした。

「一件目の事件についてだが、医師の久保田は加藤育子さんを殺害するために香川のサイトを利用した。その際、金を振り込んでいるが、それを引きだしたのは小椋が率いる半グレ集団。つまり殺害実行犯はこのグループの中にいるということか」

「その可能性は高いと思われます。そして、羽戸組もなんらかのかたちで関わっていると思われます。角野を任意で引っぱれませんか」

「まだ弱いな。すくなくとも羽戸組との関係がはっきりとしなければ。だが半グレ集団は根こそぎ引っぱれ。そこから羽戸に乗り込む!」

鬨《とき》をつくる刑事たちの声が地鳴りのように響いた。刑事たちはみな立ち上がり、それぞれがなすべきことにむかって走りだした。

捜査が大きく前進するその間際において、それでも田島は素直に士気をあげることができなかった。もちろん、捜査方針としては間違っていないし、刑事としてそれに従い、邁進《まいしん》すべきだ。

しかし予想外に広がった事件に自分の理解が及んでいないことが、先行きを霧で隠してしまっているかのようで、不安だった。

予想どおりにものごとが動いているのなら問題ない。しかし、なにもかも〝想定〟して行動する田島は、想定外の事態を嫌う。これまで起こり得ることを徹底的に検証しながら進んできたが、今回はまだゴールが見えないのだ。進めば進んだだけ闇が深くなるように思える。

「田島さん、どうしたんです」

そんな気配を感じて恵美が覗き込む。

「いえ、別になにも」

「そうですか？　悪い夢でも見たような顔してますよ」

田島は手帳を胸ポケットにしまい込むと立ち上がった。

「嫌な予感、というのは非科学的なので信じません」

「あらら……ってことは嫌な予感がしているんだ」

「いや、そんなことは……。ただ、なにかを見逃しているようで、そのためにものごとがかみ合わなくて気持ちが悪いだけだと思います」

恵美は酸っぱいものを口に詰め込まれたように顔をしかめた。

「うわー。田島さん、ときどき不気味なこと言いますよね」

「言い方に悪意がありますよ」

「ま、なにも起こらないといいですけどね」

本当に。田島は唇を真一文字に引っぱりながら、心の中でそう思った。

「我々は引き続き上田智久を追いましょう」

「追うもなにも、行方知れずですが？」

それだ、と思う。胸騒ぎがするのは、収まるべき場所に戻っていない事柄があるからだ。ボールペンも所定の位置に並んでいないと気持ちが悪い。それと同じなのだ。

「追うのはいまじゃありませんよ。過去です。なぜ聡美さんが殺されなくてはならなかったのか。それを突き止めるのです」

10

朝の捜査会議に備え、二階の売店でスムージーを物色している背後から声がかかった。

「また気持ちの悪いものを買おうとしているんですね」

恵美は、そう言いながらカフェラテとシナモンロールを買った。

「朝は甘いものに限ります。脳の回転が速まりますよ」

ふと恵美の背後に目をやると、廊下の先で田島の姿を認めた木場が、こちらに駆け寄ってくる。

恵美も木場に気づくと、値踏みをするような声で言った。

「木場くんはビタミンも必要かなぁ」

木場は腕をバタつかせながら田島の前でブレーキをかけると、興奮気味に報告した。

「田島さんの読みどおりでしたよ！」

「読みどおりってなに？」

恵美が怪訝な目を向けるが、田島は無表情で先を促す。

「それで？」

「上田智久は事業に失敗し、借金をつくっていましたが、手を出した金融業者は羽戸組のフロント企業でした」

「やはりか」

「ねえ、読みどおりって？」

「借金の返済は？」

「終わっていました。正確には返済不要の処理が行われています」

「やはりな」

「ちょっと！　なにが『やはりな』ですか」

恵美が田島の真似をしてみせた。

「あたしも話に混ぜてくださいよ！」

田島は暴れ馬を押しとどめるように手のひらを向けた。

「会社を潰したのに、返せるあてのなかった借金が解消されている。しかも再婚後にです。これをどう思いますか」

「再婚して金持ちになったってこと？」

恵美は人差し指を顎に置き、小首をかしげる。

「そうか、中国人の嫁さんは富裕層だって言っていましたよね。それで金持ちに——って違うの？」

田島と木場の表情を交互に見ながら口をつぐんだ。

「借金は返済されているわけではありません。『返済不要』処理がされているんです」

「ん……あ、まさか」

恵美はそう言いながら自分の腹のあたりをさすった。智久が提供した腎臓を示そうとしているのだろうが、どちらかというと、そこは小腸だ。

「智久は借金を抱えていましたが、手を出した金融業者は羽戸組の傘下だった。想像ですが、智久は自己破産することも許されず、ついには臓器提供を持ち掛けられた。そのコーディネートをしたのが角野ではないかと考えています。『返済不要』は自己破産の場合などにされる処理のことです。つまりは債権を放棄したということです。しかし、智久は自己破産は申請していない」

いちど周囲を見渡して、声をおさえる。

「羽戸組のフロントであるなら、臓器移植することで相殺したとも考えられます」

「田島さん、ひとりでそんなことを悶々《もんもん》と考えていたんですか」

「あまりに不可解なことが起こっていたので、じゃあどういう状況なら収まるのかを逆算してみたんです」

「はぁ、もはや変態ですね」

おそらく恵美のボキャブラリーのなかに適当な言葉がなかったのだろう。

「褒め言葉としてとっておきます」

「でもね、タッシー。それが聡美さん殺害とどんな関係があるの？」

田島の眉がピクリと動く。

恵美は、思考が複雑化すると敬語が出せなくなる傾向がある。

「智久は聡美さんに、離婚も再婚も偽装だと伝えていたのだと思います。すこし離れるが借金はすぐに返済できる、そう伝えていたかもしれません。しかし智久は帰ってこない。そこで聡美さんは角野に詰め寄ったのではないでしょうか」

「例の〝貫一お宮〟の件……」

「ええ。これ以上、騒ぎ立てられることを警戒した組織は、聡美さんを殺害することを計画する。しかしそれによって臓器密売ルートに余計な詮索が入るようなことは避けたい。だから通り魔にみせかけようとした。そのために利用したのが香川の闇サイトだった——」

田島の脳に電気が走った。前頭葉がビリビリとしびれる。さまざまな可能性が湧いては消え、残った要素が手を取り合いながら一筋の道をつくっていく。

違う、そうじゃない。自分は思い違いをしていた……。

「タッシー、どした？」

突如として黙り込んでしまった田島を心配して、恵美が顔を覗き込んできた。しかし思考を邪魔されたくなくて、田島は窓際に逃れて冬空に目をやって毛様体筋を弛緩させた。

そして頭の中で検算を繰り返した。これから踏み込む先は〝想定外〟の領域だ。間違いは犯せない。

聡美を連続無差別殺人の被害者のひとりにみせかける。そのためにはタイミングが重要だ。しかし聡美に秘密を暴露されたくない組織はあまり時間をかけたくなかったはずだ。計画が絵に描いた餅《もち》にならないようにする必要があるが、計画が一気に具体化したのは謎の扇動者がいたからだ。

背中で恵美が田島を呼んでいた。何回か無視していたようだが、自分の考えがまとまっていくごとに、環境音が中耳に戻ってきた。

田島が振りかえると、恵美と木場が心配顔で立っていた。

手首を捻って時間を見る。

この時間、原田は喫煙室だろう。

唖然《あぜん》とするふたりを残し、田島は階段を駆け上がった。


喫煙室には原田のほかに野田もいた。野田は非喫煙者だが、タバコを吸いながら考えをまとめる原田につき合わされているのだろう。

「おふたりにお伝えしたいことがあります」

まずは、智久が臓器を売ることで負債を相殺した可能性について話した。裏付けとして、借金をした先が羽戸組のフロント企業であったことと、その金融会社が債権を放棄していることをあげた。そして妻の聡美は、その秘密を守ろうとする組織に殺されたのではないか。

原田が唸った。

「それで、連続殺人事件にみせかけるために香川の闇サイトを利用したってことだな？」

原田の横で、野田が同意を求めるような目を向けた。

しかし、田島は静かに頭を左右に振った。

「上田聡美さんは代理ストーカー殺人の流れで殺されたわけではありません」

間違いない、と確信したものの、次の言葉を言うには勇気が必要だった。

「上田聡美さんを殺害するために、代理ストーカー殺人が起こされたんです」

いったん、息継ぎをする。

「連続して事件を起こし、同一犯にみせかけることで聡美さんも通り魔に理由なく殺されたことにしようとしたのです」

原田は田島を睨みつけた。指に挟んだタバコが吸われることなく灰になっていく。

ようやく絞りだした。

「ひとりを殺害するために、三人が巻き込まれたっていうのか？」

信じられないといった様子で、田島を睨み返す。

「事件化されていない潜在的な案件は、さらに多いと考えられます。そこまでして隠したかったのは」

「臓器密売か」

田島は頷いた。

「被害者の夫である智久は中国に渡り、臓器移植後に行方不明になっています」

「行方不明か。本人の知らないところでごっそり臓器を抜かれることもあるようだな。そして死体は出てこないように処理されるとか」

「智久の離婚が偽装であれば、妻である聡美さんにも話していたはずです。すべては借金を返済し、やりなおすためだと。そうでもしなければ聡美さんは納得しなかったでしょう。臓器ひとつで借金がチャラになるなら、すこし痛い思いをして戻ってくるだけだからと。そしてその過程で角野のことも話していたのだと思います」

「ところがいつまで経っても帰ってこない。それで角野に？」

「はい。角野はコンサルタント業の裏で暗躍していた臓器コーディネーターではないでしょうか。過去に、中国の闇医者と暴力団組織がつながっていたことで摘発されるという類似案件もありました」

「たしかにそんなことはあった。しかしだな……」

即断即決をしてきた原田にしては、ずいぶんと時間をかけていた。すべきことで悩んでいるというよりは、田島の言葉をどう取り扱えばいいのかわからないといった様子だった。

　無言の時間を埋めるように、野田が口を開いた。

「しかしな、軍隊でもないのに、そんな統率された殺人計画が動くものなのか？」

　田島自身、それも疑問のひとつだったが、闇サイトの中に意識を潜り込ませていて感じたことがある。

「罪のない人たちを監視するためのストーキング闇サイト。一度狙われたら逃れることは難しい。しかし、それは同時にやつらも逃げられない。いちど殺人計画のレールに乗ってしまったら、どこまでも追われるんです。やつらは自分で自分を追い詰めるシステムに身を置いてしまったんです」

　同様のことを久保田も証言していた。

　原田のタバコの灰がぽとりと落ちた。頭の中でありとあらゆる可能性を組み合わせたのだろう。決意の光が宿った目を向けた。

「わかった。角野、および角野と関係のある組織を徹底的に洗う。臓器を売ったという事実、そこに角野が絡んだのかどうかを確かめるんだ。本部をまとめられるか？」

　野田は力強く頷いた。

「よし。それから田島、お前はどうする」

　頭の中で整理する。

「半グレ集団、羽戸組、闇サイト。これらを結んでいたのが角野だとするなら、はっきりとさせるべきことがあります」


　大股で廊下を進む田島を、すれ違う者たちがなにごとかと振りかえる。なかには怪訝な顔を向け眉をひそめる者までいる。田島自身、なにに焦っているのかはわからなかった。ようやく向かうべきゴールが湖の対岸にあるのが見えてきたが、そこにたどり着く近道はなく、大きく湖岸を回り込まなければならない。どんなに急いでもなかなか近づけない、そんな気持ちに似ていた。

そこに乾いた足音が重なる。小幅だが早い回転数でたちまち背後に追い付いた。その音はどこか尖っていて、せっかちで口数が多く、生意気な性格や感情すら示しているようだった。

「突然いなくなって。どういうことですか」

恵美が言った。

「参事官に報告に行っただけです」

「顔が真っ青でしたけど？」

「ものごとの見方をかえると、いままで考えていたのとはまったく違った景色が見えてきた。そして、矛盾も浮き上がってくる」

田島は階段の前で立ち止まると、説明を要求するような顔をする恵美に言った。

通り魔にみせかけた事件は、聡美の殺害を隠すために仕組まれたものだった、と伝えた。

ただ、恵美はさほど驚く様子を見せずに、ほーっ、と唸った。

「じゃあ、ひょっとして香川が殺されたというのは口封じ？」

たいしたことないことは大騒ぎするわりに、こういうときはどっしりと構え、冷静に判断できる、不思議な女性だ。

「次はそこですね。荏原を聴取しましょう」

取調室で接した荏原の雰囲気はずいぶんと違って見えた。前回は全裸だったから、当たり前といえばそうだが、犯罪者として、いまは達観したような表情をしていた。

「罪と向き合う心構えができたっていうんでしょうか。あのときの自分はどうかしていたんだと思います」

しおらしく項垂れているが、田島にはしらじらしくも見えた。本心かどうかはこのあとわかる。遊んでいる暇はない、と切り込んだ。

「借金をしていたんですね」

「あ、はい。それで香川さんから仕事をもらって襲

撃しました。失敗したのですが、金が欲しくて
――」

「香川ともめたんですよね」

その話はいい、と言葉を被せた。

「私が知りたいのはあなたの借金ですよ」

「え、はい」

「どこから？」

「えっと、品川のアスパラ・ローンから」

「いくら？」

矢継ぎ早に質問してくる田島に警戒心を持ったようだ。

「五百万円くらい……」

「五百三十七万二千十一円です」

「あ、はい。あちこちにあった借金をまとめたので
……」

「不思議ですね」

「は、はい？」

「これが返済不要になっている」

荏原は田島の言わんとしていることがわかってきたようだ。

「これ、どうしたんです？　自己破産の申し出をした記録もありませんが」

「えっと、たぶん、逃げ回っていたから」

田島は身を乗りだした。

「じゃあ香川を殺す必要はないですよね」

「それを知っていれば……俺はなんてことを……」

悔やむようにテーブルに顔を伏せたが、表情を読まれないための芝居だろう。

「アスパラ・ローンはどうやって知ったんです？」

「えと、チラシを見て」

「どこで？」

「し、品川駅で」

「アスパラ・ローンは、指定暴力団羽戸組のフロント企業です。ご存じでした？」

荏原はうつむいたまま答えなかった。

「暴力団がバックについている金融会社が、ちょっ

と逃げ回ってたくらいで五百万もの金をみすみす諦めると？」

「たぶん、逮捕されたから、とか……」

「返済不要の処理がされたのは、逮捕前です」

田島は机の上に伏せるようにして、荏原の顔を覗き込む。

「依頼を受けたのは香川からではないのでは？」

「え、いや。香川だよ。やつのコンピューターを調べたら記録が残ってるんじゃないのか？　詳しく調べてよ！」

おかしい。やはりなにかを隠している。

「あなたは、香川以外の闇サイトのメンバーから引き込まれたのではないですか？　そして佐々木瞳さん襲撃の仕事を請け負ったが、それはあくまでも香川に近づくため、もっと言えば、香川を殺害するためだ」

「い、いや。そんな」

「香川の依頼を受けたが、佐々木瞳さんの殺害が成功しようと失敗しようと、結局は香川を殺すことが目的だったんじゃないのか？」

「な、なにを言っているんだ？」

顔を上げ、でたらめな歯並びを見せながら、脂汗を肌にへばりつかせた。

「あなたは、香川には会っていない。佐々木瞳さん襲撃のあとに会うことになっていたからな」

「なんのことだよ。俺は依頼を受けて……」

「じゃあ、香川ってどんなひとだ？」

「どんなって、細い目をしていて、鼻筋も通ってる。唇は……」

「髭は？」

「髭？　生《は》やしてなかった……」

「剃《そ》り跡はどうだ。口の周りを囲むか？　鼻の下だけか？　面と向かっていればわかるだろ」

「えっと……」

「身長は？　どんな時計をしていた？　指輪は？　どんな声？　つけていた香水は？」

立て続けに質問すると、うつむいて固まった。田島は声のトーンを落とした。

「なぜ答えられないのか。私は実際に会って話しているから、彼の印象について答えられる。しかしあなたは写真でしか見ていなかった。会ったのは、砧公園で襲撃したときだけだ」

うつむいている荏原の視界に無理やり入り込む。

「あなたは香川を殺すか臓器を売るかを迫られていた。違いますか」

強く組み合わされていた両手が、ブルブルと震えだした。

「なにを言われたかは知らないが、連中が約束を守ると思うか？　何年後かに仮出所したときにノコノコ組事務所に行って約束を守れと言えるのか？」

田島は荏原の表情に揺れるものを感じた。迷い、不安、恐れ、後悔……。さまざまな感情が渦巻いている。結局のところ、追い詰められ、流されたうえの犯行だったのだろう。

あとは、道筋を示してやれば、落ちる、と思った。

「我々は本当に悪いやつらをつかまえたいと思っている。あなたがこんな仕事を引き受けたのは、人生をやりなおしたいからだ。そうだろ？」

ややあって、顔を上げた。

「人を不幸にしてまでやりなおせるわけないじゃないか。務めを果たせ。結果は変わらなくても、残りの人生であなたが背負う後悔の意味が変わる」

荏原は、無言でなんども頷いた。自分を奮い立たせているようにも見えた。

それからすっと背筋を伸ばし、田島の目を見た。

「は、はじめは、女の子を脅かすだけでいいってことだった。ちょっと怖がらせるだけでいいって。香川は、あんな可愛い子を殺そうとしているクズ野郎だから、成敗してやるんだって」

「どういうことだ？」

「香川は、カルト教団かなにかのリーダーなんだろ？　それで無差別殺人を計画しているって言っていた。だから近づくために女の子を襲ったんだ。怪我させるつもりなんてなかった！　なにかのおもちゃを置いてくるだけでいいって！」

支離滅裂なところはあるが、いまは言葉を吐きださせるだけ吐きださせるのが先決だ。話の整理はあとでこちらでやればいい。

田島は促した。

「いつどこで襲えばいいのか、どう逃げればいいのかはぜんぶ指示された。だから簡単なことだと思った。でも、怪我をさせてしまって」

荏原がついた深く長いため息は震えていた。

「もう後には引けない。香川を殺すしかないって。そうすれば借金はチャラになり、いい弁護士を付けてやるので刑期は短くてすむ。出所後は悠々自適で暮らせるだけの金をやるって言われて……。すべてお膳立てするから、楽勝だって……」

ということは、荏原ははじめから捕まるように仕組まれていたことになる。防犯カメラに写っていたのも、あえてそうさせたのか。

「あなたに香川を殺すように言ってきたのはだれですか」

テーブルに写真をならべた。

「話したら、俺はやられる」

「話さなくてもやられるよ。香川が殺されたのも口封じだ。秘密を知っている人間がいたら、同じように考えるとは思わないか？」

「そ、そんな」

荏原は、写真に目を落としたまま、ずいぶんと長いあいだ、身動きをしなかった。頭の中ではなにが自分にとってベストなのか懸命に考えていたのだろう。

田島は根気よく待った。やがて荏原の指が震えながら一枚の写真に置かれた。

角野の写真だった。

それを見届けて、田島は恵美とともに取調室を出た。

捜査本部に報告するために廊下を足早に進む。田島が大股で進むと、恵美は小走りで付いてくる。付いてくると田島の繰りだす足も早くなる。お互い、放っておけばこのまま走りだしてしまいそうだった。

恵美が声を弾ませる。

「荏原とて、全容を知っているわけではなかったんですね。単なる実行犯っていうことですか」

「ええ」

「でも、まず角野にはつながりましたもんね。そこを叩けば、羽戸組との関係も」

田島はエレベーターのボタンを連打した。

「羽戸組は、角野が捕らえられたとしてもインパクトはないのかもしれない」

「どうしてです？」

「角野は羽戸組との関係は話さないでしょう。証拠がないから逃げ切れると思っている。殺人を依頼したのも、襲撃を指示したのも。なにか手を打っているのかもしれない」

エレベーターのドアが開き、飛び乗って閉ボタンを叩こうとしたとき、木場が滑り込んできた。

「サイバー犯罪対策課がみつけました。闇サイトのIPアドレスをたどったところ、その中のひとつが、角野のオフィスのものでした！」

ほらっ！　と恵美が顔を上気させたが、田島はどこかひっかかるものがあった。

痕跡が、たどってこいと誘っているように思えてならなかった。


角野のオフィスを訪ねた。新宿中央公園を見下ろすマンションの一室で、調度類は全体的にモノトーンに統一されていた。

茶を入れようとした角野を制して言った。

「荏原という人物をご存じですか」

「さあ、飲み屋で知り合ったやつかな？」

また飲み屋かよ、とうんざり顔の恵美が写真をテーブルに滑らせた。

「ああ、やっぱりそうだ。たまたま席が隣になりましてね。お互い酔っていたから話も弾んだんですよ」

「荏原は、佐々木瞳さんを襲撃し怪我を負わせたあと、香川さんを殺害しています。そして、それはあなたからの指示だったと」

角野は大げさな動きで、手を額にやった。

「えぇーっ、まさか、本気にしちゃったのかあ」

「なにか？」

「たしかに香川がひどい男だという話はしたんですよ。ネットを使って、パパ活相手の可愛い女の子を殺そうとしているって。それで、私は闇サイトに潜入し、依頼を引き受けたフリをして摘発しようと思ったんです。ほら、オレオレ詐欺でもよくあるでしょ。そんな話を酒飲みながらこの人にしちゃったけど、彼は正義感がつよかったのかな。まさか本当にやっちまうなんて思ってもみなかったなぁ」

そうきたか。

つまり、香川の悪行を話したところ、先走って勝手に殺害したということか。

「闇サイトのことは、どこでお知りになったんですか？」

「コンサルタント業を通して、あるところから情報を得ました。守秘義務があるので詳しくは言えませんが」

今日のことをあらかじめ想定していたようだ。

田島は奥歯を嚙んだ。同時に松井の言葉がよぎった。

——戦場で足跡を発見したら気を付けろ。

IPアドレスを残していたのも、角野が描いたシナリオに乗せるためだったと考えたほうがいいかもしれない。

「では、上田智久さんの件です。現在の居場所をご存じですか？」

「それって元旦那？　知らないって。中国のどこかにいるんじゃないですか」

「角野さんご自身、中国によく行かれていましたね？」

「ええ。仕事半分ですけど、ま、好きなんで。それが違法ですか？」

どんなにあやしくても、これ以上、留《とど》まる理由は見つからなかった。

「今日は失礼しました。また伺うことがあるかもしれませんが」

「ええ、いつでもお越しください」

勝鬨《かちどき》でもあげそうな顔だった。

エレベーターに乗るやいなや、恵美が叫ぶ。狭い空間だから声も響いた。

「どーすんですか！　あいつむかつきます！」

「どんなにむかついても、どんなにあやしくても、いまはなにもできません」

「じゃあ諦めるんですか？」

「もちろん違います。徹底的に尾行します。そして、どんな些細なことでもいい。綻《ほころ》びをみつける」

鼻息は荒かったが、恵美も状況は理解しているようだった。

「セーターの綻びって、引っぱっていくとボロボロになりますもんね。やってやりますよ」

あいかわらず変な喩えだが、追及のエネルギーになっているのならなんでもいい。

かならず、どこかに糸口がある。

羽戸組につながる、糸口が。


捜査本部に報告をするため、角野の監視に恵美を残し、田島はいったん本庁に戻った。

「やっこさん、とんでもねぇ食わせもんだったたな」

原田は唸り、野田の声にも苦渋の色が滲んでいた。

「どうするんだ、田島。手はあるのか？」

「いまは張ってみるしかありません」

「しかし、そこまで備えるやつだ。ボロを出すかな？」

「わかりません。しかし、なにか胸騒ぎが」

原田は、田島がそんな曖昧な感情を表現したのが意外だったようだ。片眉をひょいっと持ち上げた。

「お前らしくないな。超常現象は信じねぇんだろ？」

「なにか見落としているような気がして……」

原田と野田は、田島の言葉を待ったが、しばらくして鼻息を吐いた。

「わかった、交代要員も必要だろう。手配しておく。それから車を使え。今日は冷えるぞ」

敬礼を残し、捜査本部を辞した田島は、駐車場へ向かった。そこで声をかけられた。振りかえると、ヤクザが紛れ込んできたかと思うほどの風貌の男が立っていた。

秋山《あきやま》だ。もともとは組織犯罪対策部にいたが、いまは捜査二課に異動したと聞いている。田島とは確執めいたものがあった。

「ちょっとこい」

田島は、顎をしゃくって示された柱の陰に移動する。

「お前ら、羽戸組を狙っているんだろ」

「秋山さんの耳にも入っていましたか」

「昔は組対で、いまは二課。どちらもお前んところの捜査本部に協力しているからな。いろいろ聞こえてくる、そしてお前がほかとは違う動きをしてるってのもな」

「私はほかの手が回らないニッチなところをさぐっているだけです」

秋山は、へっ、と鼻をならす。

「それはともかくだ、俺が抱えているタレコミ屋から連絡があった。たぶんお前に関係があるんじゃないか」

田島が黙っていると、秋山は苦笑した。

「べつに裏はねぇよ。無料だ」

秋山はもう一度周囲を見渡した。

「羽戸組が騒がしいそうだ」

「騒がしい？」

「ああ。どうやら〝水男〟だ」

田島は腑に落ちていないことを眉間の皺で示した。

「ウエットボーイ。アメリカでは政府機関の殺し屋を示す隠語らしいがな」

「つまり、羽戸組が、ヒットマンを？」

「だれかを狙っているのか、それとも狙われているのかは知らんが、お前なら心あたりがあるんじゃないかと思ってな。おそらく、口封じの類いだろう。なんでも、秘密を知り、決定的な証拠を握っている人物のようだ」

羽戸組がだれかを狙っているとしたら、葬ってメリットがあるのは……。


ハッとした。

ターゲットは角野か。聡美を通り魔殺人の被害者にみせかけようとしたのが角野の計画だったとしたら……。ここまで話が大きくなってしまったことの責任を押しつけ、臓器密売ネットワークの保全を図るつもりか？

「思い当たったようだな」

「おそらく……。確証はありませんが、その情報、ありがたく頂戴《ちょうだい》します。お礼はビールでいいですか」

「お前がそういうことを言うとはな。ま、ぜんぶ片づいたらな。それより、もしそいつが死んで当たり前の人間じゃなければ、張り付いたほうがいいんじゃねぇか？」

「ええ、私もこれから向かいます」

秋山は立ち去りかけて振り向いた。

「とりあえず、警察がコケにされているのは許せねぇ。たのんだぜ」

心の片隅にあった不安要素。それが朦々《もうもう》と湧き上がり、肺を満たしていくような息苦しさを感じた。

田島は車を回し、コンビニの前で恵美を拾った。

「暖《あった》かあ」

今日は風が強い。恵美はカーエアコンの温度設定を上げ、冷え切った自らの両肩をさすった。

「いまのところ異状なしです。で、我々はなにを待つんですか？」

「羽戸組や半グレ集団との接触がないかどうか。それと……」

田島は〝水男〟のことを話した。

「え、狙われてる？　角野が？」

「そういった動きがあるようです」

「でも、信用できるんですか？」

それが、情報屋のことか、秋山のことを言っているのかはわからなかった。

「信じない根拠もありません」

そこまで言って、恵美に向き直る。

「毛利さんは、信じられない根拠があるんですか？」

「根拠っていうか、理屈が合わないって言うか」

恵美から理屈という言葉が出るとは。

田島は手のひらを上に向けて、先を促した。

「角野が秘密を握っているのは確かです。でも羽戸組のアキレス腱《けん》なのかなぁ。だって、こう言ってはなんですが、角野はうまいことやってますよ。現に、我々警察は、いまこうして手が打てないんですから」

「角野が口を割りそうなのであれば手を打つかもしれないが、いまはその段階ではないと？」

「そです、そです。下手に刺激したら、それこそ警察側に寝返るかもしれない」

たしかに、一理あった。

しかし、秋山がわざわざ来るくらいだ。中途半端な情報ではないだろう。

ならば、別のだれかを狙っているのか？　角野以外に、決定的な証拠を握っている人物がほかにいる？

考え込んでしまった田島に、恵美は慌てるそぶりをした。

「いや、ぜんぜん、わかんないっすよ」

田島も、わからなくなっていた。


渋谷区富ヶ谷《とみがや》一丁目のワインバー。窓際の席に座り、夜の八時からひとりで飲みはじめていた角野は、常連なのか、次から次に顔見知りがあらわれては、グラスを合わせていた。

最後の客になって二十分が経ったとき、角野はようやく店を出た。そして北風に襟を立てると、代々木八幡方向に向かって歩きはじめた。

田島は、店の向かいに止めていた車から抜け出ると、ドアをゆっくりと合わせ、最後はそっと押し込んでロックした。

バンッ！

それなのに、反対側で恵美が勢いよくドアを閉めて、田島の肩をすくめさせた。ゆっくりと振りかえって恵美を見るが、悪びれる様子もない。

張り込みの心得を、がさつな性格が上回っている。いまが昼間であれば思い切り怒鳴《どな》ったであろう。しかし片側が代々木公園陸上競技場で、車通りすらまばらな真夜中の井ノ頭《いのかしら》通り。ほかに音を立てるものがなかったので、田島は言葉を飲み込んだ。

角野に目を戻すと、酔っているのか、足どりは重かった。田島が確認できただけでワインをボトル二本空けている。

ときどき左右にふらつくが、この時間、ほかに人の姿はなく、迷惑をかける相手はいない。田島と恵美は三十メートルほど後ろを、一定の距離を保って尾行していた。

代々木公園交番前の交差点を直進し、人工芝と基本的な遊具を備えた代々木深町《ふかまち》小公園の脇道にはいると、小田急線の踏切《ふみきり》が見えてきた。

角野は渋谷区代々木五丁目のマンションに住んでいる。踏切を渡って五分ほどの距離だ。

警報器が電車の接近を伝え、遮断機が下りた。角野は踏切の横にある『春の小川・線路沿い』と書かれた電柱によりかかった。田島と恵美は手前の路地に身を隠し、街灯の陰に紛れ込ませる。

童謡『春の小川』は諸説あるが、歌のモデルになったといわれる河骨川《こうほね》がこの小田急線に沿って流れている。いまは暗渠《あんきょ》化されて見ることはできないが、すぐ近くには歌碑が立てられている。

角野が気持ち悪そうに前かがみになった。吐くのかと思ったが、わずかに顔を横に向けた。眼球はしっかりこちらを捉えていた。

しまった、と思ったが遅かった。

突然駆けだした角野は、遮断機を潜り踏切を渡った。田島も後を追うべく走ったが、すぐ右手に電車のヘッドライトが迫っていたため、遮断機をつかんで足を止めた。

踏切の先で振りかえった角野は、仁王立《におうだ》ちになり、挑戦的な笑みを田島に向けている。『どんくさい刑事だな』とでも言っているようだった。

どうやら、撒《ま》こうとする意図はないようだ。自宅はすぐそこだし、下手な尾行にとっくに気づいていると言いたいのかもしれない。

角野は路上に唾《つば》を吐くと、般若《はんにゃ》のような顔で田島をひと睨みし、背を向けた。

そのとき、フードをかぶったコート姿の男が暗闇《くらやみ》の中からぬうっとあらわれ、角野にぶつかった。いったん離れて、またぶつかった。膝《ひざ》をついた角野の肩にかかとを乗せ、ゆっくりとした動作で踏み倒し、仰向けにさせた。右手に光るものはなんなのか。頭の中では冷静に分析がすすみ、ナイフだということはすぐにわかった。刃先からは滴《したた》るものが見えた。

男は片膝をついた。フードの中からこちらを窺いながら、ナイフの刃をゆっくりと角野の腹部に刺し込んだ。

異様な光景だった。なにかのショーを見ているようでもあった。

しかし、幻ではないことを、恵美の悲鳴が教えてくれた。

水男――羽戸組が差し向けたヒットマン。

田島も叫んでいた。しかしその瞬間、代々木八幡《よよぎはちまん》駅に進入してきた電車が視界を遮った。駅のホームのすぐ横ということもあり、速度は遅い。八両編成が通り過ぎるのがもどかしかった。

田島は電車の下から覗き込むが、すでに横たわる角野しか姿は見えなかった。

「救急に連絡、それから緊急配備を！」

恵美に叫び、電車が通り過ぎると同時に遮断機を振り払って駆けた。

角野の横でいったん立ち止まり、すばやく観察する。腹を刺され、胸は真っ赤に染まっている。口は力無く開閉を繰り返し、その都度血液の混ざった泡《あわ》を吹いた。一刻を争う状況だ。

恵美は動揺していたものの、冷静さを取り戻している。任せてもよいだろう。田島は男の後を追うことに集中し、地面を蹴った。

まだ遠くには行っていないはずだ。しかし路地ごとに左右を見渡しても姿は見えない。このあたりは住宅が密集しており、枝葉のように小道が入り組んでいる。いずれかの軒先に潜んでいるのかもしれない。

しばらく走って、小さな交差点で足を止めた。すぐそこで人が刺されたとは思えないほど静まりかえっていた。

緩《ゆる》やかなカーブを描いている道の左右の見通しはそれぞれ三十メートル。左は代々木八幡駅、右は参《さん》宮橋《ぐうばし》駅方面。正面は坂道になっており、代々木八幡の脇を抜けて山手通りに出ることができる。少なからず血を浴びているはずなので明るいところは避けたがると思ったが、路地を行くよりは目立たないかもしれないし、逃走用の車が待機しているのかもしれない。

左右を見渡して人気《ひとけ》がないのを確認すると、正面の坂道を駆け上った。いったん山手通りまで出る。夜中とはいえ、車の往来はそれなりにあった。左は代々木八幡駅をオーバーパスする陸橋になっている。心理的に現場から離れたいと思えば逆方向、初台方面に向かうはずだが、広く直線になっている歩道を見渡しても姿はない。見通しがいいので、背中くらい確認できてもおかしくはないのだが。

やはり逃走用の乗り物を用意していたか、それとも、入り組んだ路地に紛れたか。

恵美のいる現場に戻ろうと思ったとき、男の顔がフラッシュバックした。電車に遮られる直前、フードの中が照らされ、ほんの一瞬、その横顔が見えた。

あれはヤクザ者……ではない。

顔つきが、というより、表情だ。角野にナイフを突き立てたときの、あの表情は……。

田島ははっとして息を飲んだ。

しまった！　角野を狙う可能性があるのは羽戸組の刺客だけではない。もうひとりいる。

背後に吹き下ろす風を感じて振りかえる。代々木八幡の石段が木々に飲み込まれるように延びていた。

田島は足を踏みだした。代々木八幡の石段を一段抜かしで跳ねるように上って鳥居を潜る。

小高い丘の上に立つ代々木八幡だが、その奥行きは思ったよりも深い。東京の真ん中にありながら闇がすぐ目の前まで迫っていた。参道を進むと別れ道になる。本殿が正面、末社が右。

田島は右に顔を向けた。風が葉を揺らす音しか聞こえない中で、気配を感じたからだ。自然の音とは違う、なにかだ。

出世稲荷神社とあった。やや身をかがめながら背の低い鳥居をくぐった。細い参道の両側を、左は白、右は赤の幟《のぼり》が隙間なく埋めているため、閉塞感がある。十五メートルほど奥に一対の狐《きつね》の石像があり、その先にあわせて十段ほどの石段と、小さな祠《ほこら》が見えた。

行き止まりに思えたが、はためく幟の隙間から〝順路〟と書かれた表示が右向きにあるのが見えた。

田島は幟に手を差し入れ、様子を窺った。

すると、祠の右手の大きな石碑の前で人影が揺れているのが目に映った。右斜め後ろから見る格好だが、膝をつき、両手を胸のあたりに組んで空を見上げている。フードをかぶっていないが、さっきの男だろう。

なにをしているのか……?

天に祈りを捧げているのか、木々に合わせて揺れる様子は幻想的でもあった。

田島はゆっくりと近づき、スマートフォンのフラッシュライトを点《つ》けた。石段の一段目に、慎重に足を置いた。木々に合わせて明かりが揺れた。そして、ハッとした。

「よせっ!」

叫んだ瞬間、首を回した男と目があった。黒目がちの眼球が、この空間では異質なほどに艶《つや》やかに光を放っていた。

そして……男はゆっくりと、仰向けに倒れた。

田島は石段を駆け上り、男の横に滑り込むと、男が手にしていたナイフを投げ捨て、首に手をやった。

男は頸動脈《けいどうみゃく》の切断を図ったようだ。田島は止血を試みるが、手の隙間からはねっとりとした、熱したオイルのような熱い血液が漏れ出していた。

くそっ!

恵美に電話をかけると、スピーカーモードにして叫びながら首を押さえる。

「代々木八幡だ! 救急隊と応援をよこしてく

れ！」

『こっちはいま救急隊がきましたよ……え？　なんですって？』

「代々木八幡宮の境内《けいだい》だ！　応援よこせ！」

『よくわかんないけど、いま行きます！』

首にはいく筋にも傷跡があった。頸動脈の切断を何回か試したのだろう。そこに死に向かう執念を感じた。

田島は手のひら全体で傷口を塞ぎ、圧迫する。このままでは首を絞めてしまうのではないかと思われるくらいの力だったが、それでも指の隙間からは粘度の高い血液が溢れ出てくるのを止められなかった。

地面に置いておいたスマートフォンに着信があった。画面を見ると木場となっている。田島は片手を一瞬離してふたたびスピーカーモードにする。

『田島さん！　上田聡美さんの夫の智久ですが、行方がわかりました』

「帰国しているんだろ」

『はい、三日前に成田《なりた》の入管に記録があったのですが……でもどうしてそれを？』

「いまは手が離せない、毛利に連絡しろ！」

それだけ言って周囲を見渡した。土が血を吸い込んで黒く沈んでいる。

くそっ、出血してから何分、いや、何秒経った？

頸動脈を切断した場合、放っておけばものの数秒で意識を失い、三分も経てば生命維持ができなくなるほどに血液を放出する。そうなれば手遅れだ。周囲を見て出血量を測ろうとするが、わからなかった。すくなくとも安心できる量ではない。

しかし、頸動脈を切った場合の死因は出血性のショックだ。つまり血液の流出を止めれば助かることもある。だからこそ、意識を取り止めておきたかった。

「上田っ！」

田島は叫んだ。男の目に驚きの色が見えた。

間違いなかった。二人目の被害者である上田聡美の夫、智久だ。借金から臓器提供を強要され、中国人女性と偽装結婚をしたあと行方がわからなかった。

羽戸組が水面下で騒いでいたのは、智久が中国から戻ったからだろう。臓器密売の秘密を、身を以《もっ》て知る人物がうろついていたらぞっとしない。秋山の言っていた、羽戸組のざわつき。決定的な証拠を握る人物とは、智久のことだったのだ。

智久の瞼《まぶた》が、半眼の観音像のようになった。そして言った。

「もう……いいから……」

早く逝かせろとばかりに、首を押さえる田島の手を払おうとする。しかしその力は幼児のごとくか弱かった。

「まだ死んじゃだめだ」

田島は手のひらを押し返そうとする赤く、熱い圧力を感じていた。それは命の圧力でもあり、事件を真の意味で理解するための力でもある。それを漏らしてはならないと感じていた。すこしでもゆるめようものなら、一瞬ですべてを終わらせてしまうような、恐怖の圧力だった。

しかし、田島がそれに耐えているからだろうか。智久の吐息にはまだ生の温もりがあった。

あとは意識だ。意識を遠のかせるわけにはいかない。

「角野を殺したからといって、あなたの復讐は終わるわけではない」

薄く開いた瞼の隙間から眼球だけがこちらを向いたのがわかった。声は届いているのだ。

「羽戸組から見たら、すべてを知る角野、そして証人たるあなたが死んだら、こんな都合のいいことはない。角野のようなコーディネーターはほかにもいるだろうから、臓器密売のビジネスは継続できる。あなたも、奥様も、報告書の片隅に名前が載るかもしれないがそれだけだ。その書類はやがて埋もれてしまう」

何かを反論したいのか、唇が震えた。

「羽戸組が一番恐れているのはあなたです。あなたは、その体に証拠を刻んでいるじゃないですか」

すうっと、智久の眼球が上方向に回転し、白目になった。

「だめだ！　まだまだだ！　奥さんになんて言うんだ！」

瞬いて、黒目がまた田島を捉えた。しかし体は痙《けい》攣《れん》をはじめていた。手のひらに感じる圧力も弱くなっている。鼓動が弱まり、駆出量が少なくなっているのだ。

まずい、早くしないと。

田島はあたりを見回すが、まだ救急隊の気配はない。

「聞け！　これから言うことが正しかったらなんでもいいから合図してくれ」

田島は耳元に顔を寄せた。

「あなたは、臓器提供を強要された。聡美さんには、借金を手っ取り早く返してすぐに戻るとでも言って、それで中国に渡ったんだな？」

智久の瞼がゆっくり閉じて、また開いた。

「しかし、なんらかの理由であなたは帰れなかった。そのまま時間は過ぎ、おそらく病院のベッドで奥さんの死を知った」

また瞬いた。そして口を開いた。

「復讐……するために戻ってきた。だから……もう、いいんだ」

最後の力を振り絞ったのか、小さく頭を持ち上げて、そこで反応がなくなった。

風に逆らうように、かすかに声が聞こえた。

「……じま……さ……ん！」

恵美だ。彼女の声がこれほどにも心強いものなのかと思った。

「田島さんっ！　どこっ⁉」

「こっちだ！」

叫び声が混ざり合い、いくつもの懐中電灯が地面を言って、田島のもとにたどり着いた。

救急隊員が駆け寄り、田島と上田の横にしゃがみこんだ。

その瞬間、智久がなにかを言ったので、こんどは口元に耳を寄せた。

「なんだ、どうした？」

「……と……み」

智久の虚《うつ》ろな視線をたどると、その先には呆然《ぼうぜん》と立ちすくむ恵美がいた。

「さと……み」

遠のく意識のなか、恵美に自分の妻の幻影を重ねているようだ。

恵美は状況がつかめない様子だったが、そっと智久の手を握った。

「ごめん……ごめ……」

すうっと、声が薄れた。

だめか。目を伏せたとき、恵美が叫んだ。

「だめでしょうが！」

恵美が鼻先で手を打つ。

「おーい、こっち、こっち見て、ほら、こっち！」

なんども柏手《かしわで》を打った。さまよっていた智久の目がふたたび焦点を得る。

「まだやることがあるでしょうが！　男だろうが！　死んだらぶっ殺すわよ！」

智久の目尻《めじり》から、涙がすうっと落ちた。

「一刻を争いますので」

救急隊員が言って、田島と恵美は一歩離れた。ストレッチャーの前後にふたり、救命処置を行った救急救命士、それと首を押さえる隊員。群がる救急隊員の背中を見ながら恵美が聞いた。

「それで、この人はだれ？」

「上田だ」

「え？　上田って、智久!?　た、助かるんですか？」

首を横に振る。医学を学んだわけではないが、これまでの経験から言えることはひとつだった。

「かなり厳しいと思う」

いちっ、にっ、さんっ。

呼吸を合わせた隊員がストレッチャーを持ち上げると、智久を運んでいった。足元を照らすライトが遠ざかっていくと、あっさりと静寂が戻ってきた。

「角野はどうした？」

「あちらもかなりひどいです。助かるかどうかは五分五分らしいです」

田島はため息をついた。

「これ、田島さんの血じゃないですよね？」

赤黒く染まった田島のコートを見ながら恵美が言った。

「大丈夫だ。怪我はしていない」

張り詰めたものが切れたのか、恵美は涙目になった。

「そっか、よかった」

呆然と立ち尽くす田島と恵美の頭上を、冬らしいやけに乾いた冷たい風が吹き抜け、杜《もり》を揺らした。

11

「なんのことかわからねぇな」

羽戸組組長である相葉《あいば》は、そう吐き捨てたあと、悪態をつくためだけに存在するかのような唇をへの字に曲げた。太い眉と垂れ下がった瞼から覗く細い目が田島を睨んでいた。両目が離れているせいか、正面から見ると鯉《こい》の妖怪《ようかい》のように思えた。

相葉の左右には十人ほどの手下たちが居並び、睨みを利かせている。

田島の背後では騒がしい音がしている。ガムテープを引っぱる。段ボール箱を投げる。引き出し、書庫から書類を取りだしては、箱に詰める。それを運び、車に積む。

それらの音が混ざりあっていた。

羽戸組の家宅捜索だった。

刑事たちの作業を妨害するような怒号が響き、階下からは小競《こぜ》り合いも聞こえてくる。

田島の横には組対の刑事が四人並んでいた。いずれも、ずっと羽戸組をマークしながら証拠をつかめずに苦汁を舐《な》めてきた者たちだ。組長室の中、喧騒《けんそう》をよそに、睨み合いをつづけていた。

相葉が銀色のシガレットケースからタバコを一本抜き取り、眼光を飛ばしながら口にくわえた。すると、淀みない動きでライターの火が横から伸びてくる。タバコの先端に火を呼び込み、煙を燻《くゆ》らせる。その間、一時も視線を外さなかった。

「横暴だよなぁ、ああ？　国家権力を盾に好き勝手しやがって。だいたいおめぇらは……」

すごんでみせていた相葉の顔が怪訝な色を深めた。

「なんだよ、てめぇ。ニヤニヤしやがって」

たしかに、田島は薄い笑みを浮かべていたかもしれない。愉快なことがあったわけではないが、あえて言うならば、社会からひとつ悪を排除できるその間際にあって、嬉しかったのかもしれない。

たったひとつではある。

しかし、確かなことが言いづらい世の中で、これだけは言えた。羽戸組を壊滅に追い込む。

そのための入り口に立っていることが嬉しかったのだ。

しかし不安もあった。

三人の犠牲者を出し、ほかにも、襲われた佐々木瞳をはじめストーカー被害によって追い詰められたひとがいる。それを利用して臓器密売を隠そうとした羽戸組。この綱をたどっていったとき、いったいどれくらいの犯罪、そして被害者を見ることになるのだろう。それを思うと心が重い。

それでも、それが刑事の仕事ではないか。刑事しかできない仕事ではないのかと思考が回帰すると、目の前の悪を潰せることは、やはり嬉しいのだ。

その不気味さを、相葉は感じ取ったに違いない。

ふと視線を巡らせば、横に並ぶ組対の刑事たちからも同じ雰囲気が見て取れる。相葉は膝と腰を機械仕掛けのようにピンと伸ばして立ち上がった。そして火をつけたばかりのタバコを突きつけてくる。

「なんなんだって聞いてんだろうが！」

田島はメガネのフレームを人差し指で弾いた。

「あんたらが一番恐れているものを、我々は持っている」

「訳のわかんねぇことばかり言いやがって……」

田島は前に出た。

「あんたに言いたいことがある」

「……なんだよ」

田島は相葉の眼前に顔を寄せた――。

羽戸組が恐れているもの――上田智久は一命を取

り留めていた。

角野を刺した後、頸動脈を切り、自殺を図った。出血は激しく、田島の発見があと三十秒でも遅ければ手遅れだっただろう。さらに持ち掛けられていた臓器密売は腎臓だけだったが、ほかにも、肝臓の半分を失っていた。またその際のずさんな処置に起因する合併症は軽いものではなく、今後も永続的な治療が必要であると診断されていた。

医師の見立てによると、智久の体には不可解な手術痕《こん》がいくつか見つかった。その処置は傷を完治させるためのものというよりは、生きながらえさせるためだけのもの。つまり、臓器の鮮度を保つためのの『保存容器』を目的としていたのではないかと考えられた。

おそらく、クライアントのオーダーが入ればその都度、切り売りをするために生かされていたのだろう。

代々木八幡での一件から一週間後、動き回れないものの、それでも会話ができるまでに回復したと連絡を受けた田島は、恵美とともに智久の病室を訪れた。

ベッドに横たわる智久の首には分厚いガーゼがあり、さらにコルセットのようなものでガードしてあった。そのため、自由に首を動かせないようだったが、その目はしっかりと田島を捉えていた。顔色は決してよくはないが、暗闇で見たときとは違い、目の奥には生を感じることができた。

「これは取り調べではありません」田島はまず言った。「ただ、なにが起こったのかを知りたい。そして、あなたがいないあいだになにが起こったのか。それを伝えたい」

智久は、目で頷いたあと、天井をながめながら、ぽつりと言葉をつなぎはじめた。

「腎臓の摘出の後、二週間ほどの入院が必要だが、退院して帰国したら、すべてを一からやりなおせると言われていました」

「角野に、ですか？」

「そのとおりです。角野裕二です」

決意を感じる声だった。

「上海の郊外にある小さな病院には、すでに日本人がいました。彼はホームレスをしていたようなのですが、やはり角野に声をかけられてやってきたそうです。まとまった金を手に入れて、普通のアパートに住みたいと言っていました」

ふうっと息を吐きだした。

「でも、いなくなりました。角野からは、手術中の事故で亡くなったと説明を受けました。しかし、彼は腎臓のほかにも、ごっそりと抜かれていたらしいのです。私も、腎臓摘出の前後にさまざまな検査を受けさせられていましたが、いま思えば、すべての臓器を品定めしていたのかもしれません。売り物になるのはどれか、と」

「そのホームレスの人の死が、事故ではなかったというのは、だれから？」

「ロミーです」

田島は恵美と顔を見合わせるが、知らない、と首を振った。

「私が偽装結婚した相手です」

そう言われて思い出した。

「その人が？」

意外な気がした。

「はい。いきさつはともかく、ロミーは私に感謝してくれていたようです。彼女とは同じ病院でしばらく過ごしていてときどき話をしました。といっても言葉が通じません。身振り手振りです。そんなある日、彼女は翻訳アプリの入ったスマートフォンを貸してくれました。これでなんとか会話ができるようになりました」

流れ雲が太陽を遮ったように、ここで表情が曇った。

「そのスマートフォンで日本のネットニュースを見ていたとき、知ったのです。聡美が殺されたことを……。荒川の河川敷で刺されたと……寒かったろうに……。私は借金を抱えてエアコンすら控えていました。ガスも止められていたので、冬場でも湯が出ません。最後まで、寒い思いをさせてしまった……」

智久は、嗚咽《おえつ》するわけではなかったが、涙は滂沱《ぼうだ》と溢れ出ていた。瞬きをするたびに涙が押しだされ、こめかみに大河の跡を残した。

何度かの瞬きのあと、瞼を閉じたままになった。寝てしまったかのような落ち着いた呼吸だったが、そのまま言葉を紡いだ。

「すぐにでも帰りたかった。しかし、精神安定剤だと言われて渡されたクスリを飲んで意識を失いました。何日経ったのかわかりません。気がついてみると、腹には別の手術痕がありました。ここでようやく気づきました。自分が窮地に立たされていることに。一度にぜんぶとられなかったのは、単に次の顧客が準備できるまでのタイミングをはかっていたからなのでしょう」

傷が痛むのか、それともそのときのことを思い出したのか、智久は苦しそうに顔をしかめた。しかし、その目はしっかりと開けていた。

「自分の不甲斐《ふがい》なさで妻を不幸にし、そして……妻は……私が殺したようなものです。この地で果ててもしかたがない。そうなかば諦めたときでした。退院するロミーが訪ねてきました。そして、病院に取り上げられていたパスポートをこっそり渡してきました。医師のひとりを買収してくれていたんです」

「それで帰国できた？」

智久の目は決意めいた色に変わった。

「朦朧《もうろう》とする意識のなかで正気を保てたのは、復讐の心です。妻は連続通り魔殺人の被害者だと報道されていましたが、私は角野だと思いました」

「聡美さんも角野と面識があったのですか？」

「ええ、角野は借金取りといっしょに何度か来ていましたので。自分は救済プランを立てるためにいると嘯《うそぶ》いていました。だから、聡美は角野と連絡をとったのだと思います。それで……」

また言葉をつまらせた。身体が自由に動かないだけに、その苦しみは発散されず、体内で増幅されているようで、なんらかのかたちで爆発してしまうのではないかと心配になった。

「どうして、聡美はあんなところで……」

田島はいま言うべきか迷ったが、智久は知るべきだと思って口を開いた。

「あなたに会いに行ったんだと思います」

苦しいはずなのに、智久は田島のほうに首を回した。そして言葉を待った。

「私も疑問でした。どうして聡美さんは自分の生活圏から離れたあの場所に行ったのか。行動が不自然だと思いました。聡美さんは藪をかき分けながら言ったそうです。その言葉がなんだったのか、はっきりと言い切ることはできません。しかし私は、『あなた？』と呼びかけていたのだと思います」

ホームレスが聞いていた〝幽霊〟の声。あれは智久を呼んでいたのではないか。そう考えると、辻褄が合う気がした。

「たとえば、あなたが戻らないことを心配した聡美さんに、角野が『夫は人生に嫌気がさしてホームレスとして暮らしている』と聞かされたら会いに行くと思います。だから自分から暗い藪の中に入り込んで行ったのです」

智久がついたため息は、小刻みに震えていた。やがてそれは号泣に変わった。体を切り刻まれているために、自由に泣くこともできないのだろう。激痛に耐えながら絞りだした泣き声は、魂が漏れだしているようだった。

それほど切なく重くるしい声で、田島の胸を締め付けた。

「まだ話はできていませんが、角野も一命を取り留めています。いずれこのあたりもわかってくるでしょう」

なにかを言おうとしたのか、苦しそうに顔を歪めたのを見て、田島はひと息つくよう促した。

「角野の周辺からは羽戸組との関係も徐々に見えはじめています。逃しはしません。そして、その羽戸組にも家宅捜索を行うための準備をしています。聡美さんの口を封じるためにふたりの人間が殺されました。やつらはそれだけ聡美さんを恐れていたんです。そして、中国の片隅で葬られるはずだったあなたは帰ってきてくれた。どうかやつらを追い詰める最後の力になってほしい。協力してもらえますか？」

智久は点滴筒のなかで一滴、一滴と落ちる水滴に目をやった。ささやかではあるが、自分が生きていることの証拠のひとつであり、その先に生き延びた理由をみつけだそうとしているようにも思えた。

「聡美は……私みたいな男と出会わなかったら、彼女の望む人並みの人生を送れたでしょうに。申し訳なく思うし、自分が情けない……」

田島はかける言葉がなかった。

「あのとき……」代々木八幡でのことのようだ。「聡美のところにいけると思いました。彼女も迎えにきてくれたようにも感じました。でも、怒ったんです。まだやることがあるって。死んだら殺すぞ、って」

智久がなげた視線に、恵美はささやかに笑った。

「……私は、一度は死んだ身です。すべてを証言します。体がすこしでも動くなら、這ってでも証言台に立ちます」

捜査本部は検証を重ね、羽戸組摘発に向けて周到に準備を進めた。

意識を取り戻した角野からも証言が得られた。企業コンサルタントと称していたが、その実、羽戸組のシノギを支えるアドバイザー的な役回りだったようだ。財務的処理の偽装や詐欺犯罪の隠蔽《いんぺい》。臓器密売についていては、中国のブローカーと組んで生活困窮者を中心に送り込んでいた事実が確認された。

　組織犯罪対策部は以前から羽戸組の不穏な動きについてマークしていたものの、角野の偽装工作の前に辛酸をなめさせられていたのだった。

　角野は策士を気取っていたきらいがあるが、策に溺《おぼ》れたともいえた。

　殺害される前の、不自然に見えた聡美の行動。その意味を解明しようとしたことが、深い霧のなかでも迷わなかった要因なのかもしれなかった。

　——そして、田島は羽戸組の組長室にいた。

　ガサ入れは順調に進み、捜査本部は相葉の起訴を見越した受け入れ態勢を整えている。羽戸組壊滅のシナリオは、確実にそのページを進めつつあった。だから、田島の口角は上がってしまったのかもしれない。

　相葉の恫喝《どうかつ》は不安の裏返しであると感じた。

「——あんたに言いたいことがある」

田島は相葉の眼前に顔を寄せた。タバコの煙を吹きかけられた。それでも田島は表情を崩さなかった。

　この言葉をようやく言えるときがきた。

「お前を——逮捕する」

エピローグ

「西村管理官⁉」

田島は叫んでから慌てて口をつぐんだ。警視庁内の食堂、昼食には遅く、夕食には早いという中途半端な時間で人はまばらとはいえ、だれに聞かれているかわからない。周囲を見渡して、聞き耳を立てている者がいないことを確認した。それからもう一度聞く。間違いであってほしいという気持ちが多分にある。

「西村管理官って、管理官をやっているあの西村さん？」

「なにワケのわからないことを言っているんですか。なにか問題でも？」

恵美は田島が驚く理由がわからないというような顔をした。

今日は恵美とのあいだで〝1 on 1〟という時間が設定されていた。上司と部下が一対一でミーティングをするというもので、うまくいったことや失敗したこと、悩みなどを共有する。日々をなんとなく終わらせるのではなく、定期的に振りかえることで、ひとりひとりの課題をみつけ、成長を促すというものだ。民間では外資系企業を中心にこの文化が根づいており成果をあげている。

このビジネスモデルが、信頼関係の構築、捜査技術の伝承、そんな意味を含め、警視庁でも取り組みがはじまっていた。

正確に言うと恵美の上司は田島ではなく八木なのだが、指導係という立場なので評価・指導を任されていた。

今日は、まずポジティブな成果を確認することからはじめた。信頼関係の構築がなければ、どんな言葉も響かないからだ。ふたりでどんなことを成し遂げたのかを明確にする。

まず、佐々木瞳だ。無事に退院した彼女は、襲撃者の影に怯える日々から解放され、いまでは大学への復帰も果たした。恵美の影響を受けたのか、海外留学を目標に語学の勉強に励んでいるという。

また、ながらく自宅に閉じこもっていた明代は新たに活躍できる場所をみつけ、充実した日々を送っている。その精神的な不安を取り除いたのは、警察から依頼を受けた渋谷医師の治療だったと聞いている。

そして羽戸組は今回の事件をきっかけに、現在は崩壊状態にある。闇サイトは解析され、関わった者たちの摘発も進んでいる。

先の見えない、心が潰されそうな事件だったが、解決に向かっていることは確かであり、そこには恵美の働きもあった。

ここまでの話は問題なかった。

つぎに警察官としてふさわしい立ちふるまいをしているかどうかについて。

恵美の勤務態度を鑑《かんが》みると『様子がおかしい』という形容は日常的に当てはまるため、文字にしてしまうと、それはある意味普通とも言える。しかしここ最近は違う挙動を見せるようになっていた。それはふだんから共に過ごしている田島にしかわからないことかもしれない。もしそうであれば田島にしかすくい上げられないということになる。

〝1 on 1〟においてはプライベートにはあまり踏み込まないのだが、そんな田島の意思を汲《く》んだのか、恵美のほうから言ってきた。聞いてもいないのに、それが聞きたいんでしょ？　と。

恋愛関係のもつれであることはなんとなく察しがついていたが、まさか相手が西村管理官だったとは。

西村は独身で、ふたりに人事考課の関係はないのでコンプライアンス的には問題なさそうだが、別れ方を間違えると……めんどうくさそうな気がする。

つまり、恵美がどう出るのか。

「ま、別になにも期待していないし、こんなのアメリカでは当たり前だし」

アメリカの恋愛事情はともかく、本人はサバサバしているようだ。これならば西村管理官もこじれなくて安心するだろう。

「しかし、どうしてまた。接点なんてないでしょ？」

恵美がクッキーをロイヤルミルクティーに浸してから口に放り込む様子を見ていると、田島の右の眉がピクリと跳ねた。苛立ちを感じはじめたサインだ。

クッキーはなにかに浸されることを前提に作られてはいないし、ミルクティーもそうだ。

こんなことを言えば、おそらく恵美は「どうせ口の中で一緒になるんだからいいじゃん」と答えるだろう。

しかし、そういう問題ではない。それぞれは本来あるべき姿として存在しているのに、ある種のルールを乱すことが許せないのだ。

たかがクッキーなれど、本質はそこではない。ルールを逸脱することが心の中で標準化されているなら、それは命令や規則、法令遵守《じゅんしゅ》の概念からも外れてしまうのではないか。クッキーをミルクティーに浸ける行為は、その表れではないかと考えてしまうのだ。

それは、恋愛においても――。

「先月あった西新井《にしあらい》の強盗致傷事件。あれの打ち上げに参加したんですよ。田島さんは打ち上げに参加するのとか、あまり好きくないみたいだけど」

「というか、それって担当外の事件じゃないですか。なんで別の係の打ち上げに首を突っ込んですか？」

「ま、顔がひろいから？　田島さんと違って」

「ともかく。打ち上げに参加しただけで、どうしてそんなことになるんです」

「そんなこととは？」

　あえて田島に言わせたいのだということは、両眉をピクピクと動かしていることでわかる。まるで女性経験がない高校生をからかっているようだ。

　田島が無視していると、首の後ろをこすりながら言った。

「ま、流れというか。そういうのあるでしょ」

「ないです」

　軽はずみに、〝そんなこと〟をすべきではない、と田島個人は思っている。

「あー、そうか。田島さんは順序とかにこだわりそうですもんね。あ、まさか処女崇拝者ですか」

「そうじゃありませんよ、ただ、相手構わずに――」

　恵美の瞬きが早まった。目がどこか潤《うる》んでいるようにも見えた。懸命に笑おうとしていたが、黙って下を向いた。

「相手構わないわけじゃないし……」

　田島は泣く女は苦手だ。かけるべき言葉がみつけられず、なにか邪魔でも入ってくれないかと期待してしまう。八木でも木場でも、なんなら原田でもいい。また妙な捜査依頼を持ってきてくれないだろうか……。

　しかし、見渡してもそんな気配はなかった。

　田島は記録をとっていたノートパソコンのディスプレイを閉じた。

「たまには飲みにでも、いきま……す？」

　恵美はこくりと頷いた。

「松井さんも呼びます？」

　首を横に振る。タイプではないようだ。

「じゃあ、八木とか木場とか」

　また首を振る。大勢で話す気分でもないということか。

　田島は長めに息を吐くと、これはあくまでも独り言なので参考までに聞いてほしい、という体《てい》で言った。

「人生に無駄なことなんてありません。どんなに無駄だったとか不幸だったと思うようなことでも、将来、幸せになれば必要なことだったと思えるはずです。だからポジティブに――」

「そうかっ！」

突然伸び上がった恵美に田島は腰を浮かせる。

「な、なんですか」

「田島さんがクビになりそうになったときにさ、今回のことをちらつかせたらなんとかしてくれるかもしれないですよね」

「え？　へ？」

唇を噛んでいるのは笑いを押し込めるためだ。しかし、それも決壊し、ケケケと楽しそうに笑った。

田島は、妖怪を見ているような気がした。

「田島さんのおごりー！　どこに行きます？　あたし、肉食べたい。あ、新橋に美味《おい》しそうな鉄板焼き屋があるの。そこにしましょっ」


彼女をどう導けばいいのか。やはり、自分は指導係には向いていないのだろうか。

田島は、人生で一番長いため息をついた。

本作品は書き下ろしです。

（この作品はフィクションですので、登場する人物、団体は、実在するいかなる個人、団体とも関係ありません。）

N.D.C.913　214p　18cm

殺意《さつい》の証《あかし》　警視庁《けいしちょう》捜査《そうさ》一課《いっか》・田島慎吾《たじましんご》

二〇一九年六月五日　第一刷発行

KODANSHA NOVELS

定価はカバーに表示してあります

著者―梶《かじ》永《なが》正史《まさし》

発行者―渡瀬昌彦

発行所―株式会社講談社

東京都文京区音羽二-一二-二一

郵便番号一一二-八〇〇一

編集〇三-五三九五-三五〇六

販売〇三-五三九五-五八一七

業務〇三-五三九五-三六一五

本文データ制作―講談社デジタル製作

印刷所―豊国印刷株式会社　製本所―株式会社若林製本工場

ISBN978-4-06-516166-1

KODANSHA NOVELS 講談社ノベルス

衝撃づくしのミステリ短編集
千年図書館
北山猛邦

"探偵助手"ゼミ、波乱の孤島合宿！
猫柳十一弦の後悔 不可能犯罪定数
北山猛邦

"波乱万丈"大学生活！ 青春ミステリ!!
猫柳十一弦の失敗 探偵助手五箇条
北山猛邦

崩壊した東京で生き残るんだ!!
サバイバー23区 東京崩壊生存者
木下半太

ミステリ・ルネッサンス
姑獲鳥《うぶめ》の夏《なつ》
京極夏彦

超絶のミステリ
魍魎《もうりょう》の匣《はこ》
京極夏彦

本格小説
狂骨の夢
京極夏彦

小説
鉄鼠《てっそ》の檻《おり》
京極夏彦

小説
絡新婦《じょろうぐも》の理《ことわり》
京極夏彦

小説
塗仏《ぬりぼとけ》の宴《うたげ》 宴の支度
京極夏彦

小説
塗仏の宴 宴の始末
京極夏彦

妖怪小説
百鬼夜行――陰
京極夏彦

探偵小説
百器徒然袋――雨
京極夏彦

冒険小説
今昔続百鬼――雲
京極夏彦

小説
陰摩羅鬼《おんもらき》の瑕《きず》
京極夏彦

探偵小説
百器徒然袋――風
京極夏彦

小説
邪魅《じゃみ》の雫《しずく》
京極夏彦

近未来を生きる少女たちの冒険譚！
ルー＝ガルー 忌避すべき狼
京極夏彦

近未来ミステリ、待望の続刊！
ルー＝ガルー2 インクブス×スクブス 相容れぬ夢魔
京極夏彦

妖怪小説短編集
完本 百鬼夜行《ひゃっきやこう》――陰
京極夏彦

妖怪小説短編集
完本 百鬼夜行――陽
京極夏彦

第12回メフィスト賞受賞作!!
ドッペルゲンガー宮《きゅう》 〈あかずの扉〉研究会 流氷館へ
霧舎《きりしゃ》 巧《たくみ》

霧舎巧版"獄門島"出現！
カレイドスコープ島 〈あかずの扉〉研究会 竹取島へ
霧舎 巧

乱れ飛ぶダイイング・メッセージ！
ラグナロク洞 〈あかずの扉〉研究会 影郎沼へ
霧舎 巧

Whodunitに正面から挑んだ傑作！
マリオネット園《ランド》 〈あかずの扉〉研究会 首吊塔へ
霧舎 巧

私立霧舎学園ミステリ白書
四月は霧の00《ラブラブ》密室
霧舎 巧

私立霧舎学園ミステリ白書
五月はピンクと水色の恋のアリバイ崩し
霧舎 巧

私立霧舎学園ミステリ白書
六月はイニシャルトークDE連続誘拐
霧舎 巧

私立霧舎学園ミステリ白書
七月は織姫と彦星の交換殺人
霧舎 巧

私立霧舎学園ミステリ白書
八月は一夜限りの心霊探偵
霧舎 巧

沖縄の碧い海が赤く染まる！
セレネの肖像　小前 亮

ノベルスの面白さの原点がここにある！
ST　警視庁科学特捜班　今野 敏

面白い！　これぞノベルス!!
ST　警視庁科学特捜班　毒物殺人　今野 敏

ミステリー界最強の捜査集団
ST　警視庁科学特捜班　黒いモスクワ　今野 敏

書下ろし警察ミステリー
ST　青の調査ファイル　今野 敏

書下ろし警察ミステリー
ST　赤の調査ファイル　今野 敏

書下ろし警察ミステリー
ST　黄の調査ファイル　今野 敏

書下ろし警察ミステリー
ST　緑の調査ファイル　今野 敏

書下ろし警察ミステリー
ST　黒の調査ファイル　今野 敏

〝伝説の旅〟シリーズ第1弾！
ST　為朝伝説殺人ファイル　今野 敏

〝伝説の旅〟シリーズ第2弾！
ST　桃太郎伝説殺人ファイル　今野 敏

〝伝説の旅〟シリーズ第3弾！
ST　沖ノ島伝説殺人ファイル　今野 敏

超人気シリーズ！
ST　プロフェッション　今野 敏

大人気シリーズの序章！
化合　ST　序章　今野 敏

〝G〟世代直撃！
宇宙海兵隊ギガース　今野 敏

シリーズ第2弾！
宇宙海兵隊ギガース2　今野 敏

シリーズ第3弾！
宇宙海兵隊ギガース3　今野 敏

シリーズ第4弾！
宇宙海兵隊ギガース4　今野 敏

シリーズ第5弾！
宇宙海兵隊ギガース5　今野 敏

シリーズ完結！
宇宙海兵隊ギガース6　今野 敏

警察小説の最高峰!!
同期　今野 敏

『同期』続編！
欠落　今野 敏

『同期』シリーズ完結編！
変幻　今野 敏

警察の未来をかけた「特命」とは？
警視庁FC　今野 敏

警察小説新シリーズ第1弾！
継続捜査ゼミ　今野 敏

講談社ノベルス初登場！
疾駆する蒼　ブルー　佐神 良

メフィスト賞！　戦慄の二十歳、デビュー！
フリッカー式　鏡公彦にうってつけの殺人　佐藤友哉

戦慄の〝鏡家サーガ〟！
エナメルを塗った魂の比重　佐藤友哉

戦慄の〝鏡家サーガ〟！
水没ピアノ　佐藤友哉

戦慄の〈鏡家サーガ〉例外編！
鏡姉妹の飛ぶ教室　〈鏡家サーガ〉例外編　佐藤友哉

KODANSHA NOVELS 講談社ノベルス

「建築探偵」シリーズのスピンオフ・ミステリー！
魔女の死んだ家 篠田真由美

〝古書と不思議〟の物語
緑金書房午睡譚 篠田真由美

美しく魅惑的なミステリ短編集
さくらゆき 桜井京介returns 篠田真由美

桜井京介が小さき者たちを救う
誰がカインを殺したか 桜井京介returns 篠田真由美

幼き日の「桜井京介」登場
屍の園 桜井京介episode 0 篠田真由美

書下ろし怪奇ミステリー
斜め屋敷の犯罪 島田荘司

書下ろし時刻表ミステリー
死体が飲んだ水 島田荘司

長編本格推理
占星術殺人事件 島田荘司

長編本格ミステリー
網走発遙かなり 島田荘司

四つの不可能犯罪
御手洗潔の挨拶 島田荘司

長編本格推理
異邦の騎士 島田荘司

異色中編推理
御手洗潔のダンス 島田荘司

異色の本格ミステリー巨編
暗闇坂の人喰いの木 島田荘司

御手洗潔シリーズの金字塔
水晶のピラミッド 島田荘司

新〝占星術殺人事件〟
眩暈（めまい） 島田荘司

御手洗潔シリーズの輝かしい頂点
アトポス 島田荘司

多彩な四つの奇蹟
御手洗潔のメロディ 島田荘司

御手洗潔の幼年時代
Pの密室 島田荘司

御手洗潔の奇蹟
最後のディナー 島田荘司

御手洗シリーズの新しい幕明け
ネジ式ザゼツキー 島田荘司

御手洗潔と世界史的謎
ロシア幽霊軍艦事件 島田荘司

聖夜の御手洗潔
セント・ニコラスの、ダイヤモンドの靴 島田荘司

御手洗潔が猟奇犯罪を解く
上高地の切り裂きジャック 島田荘司

衝撃のデビュー作・完全版！
占星術殺人事件 改訂完全版 島田荘司

御手洗シリーズ第二作を大幅改稿！
斜め屋敷の犯罪 改訂完全版 島田荘司

島田荘司初の社会派本格推理小説完全版！
死者が飲む水 改訂完全版 島田荘司

これぞ本格ミステリの最高峰！
帝都衛星軌道 島田荘司

島田本格の真髄ここに！
UFO大通り 島田荘司

感動と驚嘆の本格!!
透明人間の納屋 島田荘司

御手洗潔が悪徳金融業者を討つ！
最後の一球 島田荘司